今朝陌上又花开

张岚 ——著

文化发展出版社
Cultural Development Press
· 北京 ·

图书在版编目 (CIP) 数据

今朝陌上又花开 / 张岚著 . — 北京：文化发展出版社，2023.3
ISBN 978-7-5142-3872-3

Ⅰ．①今… Ⅱ．①张… Ⅲ．①随笔－作品集－中国－当代 Ⅳ．① I267.1

中国版本图书馆 CIP 数据核字 (2022) 第 254467 号

今朝陌上又花开

著　　者 张　岚

出 版 人：宋　娜
责任编辑：范　炜　张雨嫣　　　责任校对：岳智勇
责任印制：邓辉明　　　　　　　封面设计：罗家洋
出版发行：文化发展出版社（北京市翠微路 2 号　邮编：100036）
发行电话：010-88275993　010-88275711
网　　址：www.wenhuafazhan.com
经　　销：全国新华书店
印　　刷：涿州市荣升新创印刷有限公司

开　　本：880 mm × 1230 mm　1/32　　字　数：134 千字
印　　张：7.875
版　　次：2023 年 3 月第 1 版
印　　次：2023 年 3 月第 1 次印刷

定　　价：88.00 元
I S B N：978-7-5142-3872-3

序

自1993年12月赴海南大学参加“现代中国的文化走向”国际学术研讨会与张岚相识，屈指一算已近30载。初识时，她还是一名在读的中国哲学史专业研究生，毕业后远涉重洋赴美留学，回国后又进入国家机关当公务员。中间我们断断续续，时通音信，没想到她在从纪检干部岗位退下来以后，又重操旧好，来一个华丽转身，回归到自己青年时代喜爱的笔耕生活。以写作为日课，笔耕不辍，退休不到三年，一年一本，接连出版了三本散文、随笔集，是让人意想不到的收获。张岚早前曾与我谈及她退休以后的人生规划，表示想打算写作，我以为是句玩笑话，没想到现在她真的兑现了自己的承诺。怀着少年时代的作家梦，在花甲之年开启新的征程，这颇令人想起苏轼的那句古诗“老夫聊发少年狂”。

写作是一种生活方式。操守此道者古称书生、士人，今名文人、作家。在传统的农耕社会里，人们如有机会获得教育，饱读经书，吟诗赋词，行文歌咏，与持耒弄锄的普通百姓明显有别，这是一种高人一等的文化人生活。

“农民与诗人或许做梦都不一样，‘日有所思 ，夜有所梦’。农民梦着粮食如何丰收，诗人梦着蝴蝶，醒了也在追问：我是蝴蝶还是蝴蝶是我？”（《人为何追寻诗意的生活》）

不过，传统书生汲取文化、修身养性是为了入仕，士与仕相通，古代教育与做官是天然在同一道上两个相连的环扣。有些士人科举落第，官场失意，以诗文抒臆情怀，然人在江湖，心向庙堂，写作对他们来说，只不过是一种雕虫小技的游艺罢了。现代文人则是作家的别称，专指那些舞文弄墨、喜好文字的学人，他们热爱创作，享受创作，追求创作，把创作当作立身行己的人生之道，创作形成自我独立的精神空间。不管是古代还是现代，文字作为表意的符号，从来就是一种表现人类精神生活的工具。

文学表现性情，性情产生文学。写作是为表达自我，抒发情怀，是自我的怡情。大凡爱好创作者都是性情中人。从张岚所作的散文、随笔、诗歌中，可以看出写作作为她的一种新的生活方式，纯粹是为了寄托人生、咏叹自然、展现自我、解析社会。这是她选择的一种生活方式，也是她表现自我存在的一种新的手段。

作家的文字大都含有自传的成分，张岚的作品也可作如是观。因为有过在海南岛生活的经验，我发现她对海有着特别的情感，从她对大海的描述中，人们能体察到一种灵性的跃动：

有时间欣赏品味大海，“面向大海，春暖花开”。

随着阳光而变幻的大海，日出的大海波光粼粼，无风的天气海上一道道细细的波纹；万里蓝天下的大海，海水碧绿，像蓝绿交织的绸缎，被微风吹过在翩翩起舞；夕阳西下的大海，海上洒满落日的余晖，唤起你人生的惆怅与回忆；遇上大风天，海浪拍打沙滩岸边，翻江倒海的气势，惊险汹涌的浪花一浪高过一浪。大海如人生，海不是孤立的，随天气的变化而变化，随阳光的变化而变化，也因人的变化而变化。(《看海》)

看来蓝白色调很适合海边，天蓝海绿，自由自在走在白沙圣洁的海边，呼吸着清新的空气，海风拂面，人仿佛置身于透明的天空下，海面上渔舟点点，还有滑翔艇，天空中时有飞机从海上飞过。海浪，岛礁、海湾、沙滩，碧绿的海水，大自然神奇搭配的天涯镇的海边这样地美轮美幻，天那么高，海那么远。(《天涯镇》)

北京是张岚生活最为长久之地，自然也是她最为常见的写作对象，她对古都文化底蕴倾注的情感也是散文中的一大亮点，她对京西山麓的描写颇有画龙点睛之神韵：

在京西山谷中的大地，我感受到了纯朴深厚的人情味，这里的水不是大海，不是江河，不是小溪，它是千年九龙山泉绵延不断的故事。(《京西古山村——韭园村》)

张岚长期工作在纪检部门，这是一个非常特殊也富有挑战的岗位，常常给外人以神秘之感：

那里不是小人与君子，简单的正确与错误就能完全概括的，那里是正义与邪恶的斗争，那里是人性善与恶的斗争，怎能用一个“复杂”全部解释得了。(《六里桥的灯光》)

最近三年正是新冠病毒肆虐全球、疫情泛滥之时，与病毒斗争成为人们的日常，张岚的随笔正是写作于这段时期，抗疫这一题材多次出现在她的随笔中：

这个世界不太平，用我们中国人的智慧，韬光养晦，迈着我们坚实的步伐以不变应万变。(《这个世界很精彩》)

今年初夏北京的天几乎都是阴天，最好天也全部都“阴”。这是我在北京生活25年最“凉”的一个初夏。(《灵水举人村》)

病毒与人类较量、斗争就是为了寄生于人类生存。相互斗争妥协，有些强大的病毒就傍着人活了下来，无论病毒怎么挣扎也变不成生命。病毒不停地与人类纠缠着，斗争到最后相互依存，达到某种程度的平衡。(《量子纠缠》)

病毒改变了我们的生活方式，人与人保持距离，人们更依赖手机、网络，网上购物，实体经济就像图书和报纸、杂志一样逐渐衰退。文化传播媒介改变，这一切的变化使人们与真实而亲切的生活保持距离。(《油菜花开》)

在退休赋闲的日子里，每隔两三天，写作一篇散文，抒发一首诗歌，以日记体的形式记下随感，用心经营、构织自己的精神生活，开启一种新的生活模式。写作对张岚来说，不过是转移战场，改换角色，这种新的生活方式对一个阅历丰富、见多识广、喜好文字表现的“老知青”来说，也许是再合适不过。

人生就是一部长篇小说，有的人读懂了，有的人一辈子也读不懂。(《重读经典》)

一个人的成长离不开时代的背景，也离不开你一生遇上的人，你选择与什么样的人为友。(《心流》)

通过写作展开自我与社会、自我与世界的新对话，在过去、现实与未来之间搭建一座新的桥梁，这显然有助于她清晰地认识这复杂多变的世界，遣散日常消闲优哉的岁月，在精神上充实自我，为自己黄昏的时光抹下一片绚丽的彩霞。

我们正面对一个前所未遇的百年大变局。人类生态躁动日益繁钜，国际情势越来越复杂，“四海翻腾云水怒，五洲震荡风雷激”。这注定是一个不平凡的世界！以自己的笔墨记录这个“不是死，就是生”的大时代，抒发自己对人类美好生活的向往，这是每一位作家的使命。愿张岚在未来的写作生涯中，留下更多对这个大时代真实、真挚的切身感受，这或许是她对未来、对后代留下的又一笔精神财富！

欧阳哲生

2022年10月27日

于京西水清木华园

目录

随笔

向阳而生

晨起，阳光灿烂，按惯例早餐后穿好羽绒服去龙潭公园散步。下楼出小区门被七八级阵风呛着，坚持走了几步，唉，何苦与风执拗，我向大风妥协。

回家坐在阳台小书桌看会儿书，还是感觉浑身皱巴巴的，起身浇花。这花也跟着我受罪，想起来浇些水，从不施肥。兰花花盆坏了，我用胶布粘上，她也毫无怨怒未离我而去，万物有情。还好有阳光的照耀，她竟然静静地开花了。

花都这么坚强，我颈椎痛，做瑜伽吧，好久没做垫上瑜伽了。铺好垫子关上窗门，阳光照得暖洋洋，一个小时下来，浑身大汗，全身轻松。

前两天看电视剧《突围》，剧中腐败严重，更可怕的是“逆淘汰”。年轻的朋友不要自己折磨自己，你只要自己不淘汰自己，不求虚名，谁又能在“本我”上真正淘汰你。

2021年11月22日中午

生活教育着我们

刚才，打车回家。上车后，司机打开导航，问我：怎么走？导航说右转。开着导航还问我？我特别看不起不敬业、不专业的人。我气不过地说："你是加盟车吧？我最不喜欢坐加盟车，司机不认路。"他温和地对我说："我是出租公司老司机了，因收'份子'钱，不干了，自己凑钱买了一个车再加盟这个公司的。我老了完不成'份子'钱，我们公司有800辆车，大约走了500人，500辆车停着。我是参加越战的老兵。我还好，我的战友回河北，生活窘迫。你不知道底层人怎么活着。"

我听着，一句话说不出，无地自容。

下车时，我说："天黑了，又冷，早点回家吧。谢谢！"我内心充满了愧疚，我永远都不会再说"我不坐加盟车"。

我现在有点理解李泽厚先生为什么对鲁迅情有独钟。

2021年11月23日

基　因

十多年前好友告诉我，她做了“一口唾液”可以检测基因检测，能测出你的族源，她的族源有拉美血统。这煽起了我的好奇心，我的族源是哪里？也有朋友说，基因不能让别人知道。反正我也不是名人，我在淘宝上买了一个试盒，当时约400元人民币。打开一个小瓶，吐一唾液，盖好瓶盖寄回，好像是深圳的一家公司。

没多久，检测报告发到我手机上，我是纯正的北方汉族，中华民族的血统占99.7%。心中庆幸、自豪。

这个公司很是执着敬业，经常发各种基因报告，有的还真的很准确。

现代科技手段的确是奇妙，一点口水能测试这么多人的奥秘。如果有一天人工智能掌握了人类集体的智慧，人类还能掌控自己创造出来的智能机器人吗？看来人类命运向宇宙发展，天上地下，最后人类的科技现代化如何管控，的确比创造本身更为重要。

我经历的“革命化”“商品化”时代丰富多彩，让人性表露无遗。或许“文化化”是我最大的期盼。真能抵达“天地境界”，那将是一个怎样的现实？

老友告诉我，王国维都主张“文化西来说”，我吃惊。近读苏雪林先生，她是早年研究《楚辞》的大家，无法解决的神话问题，她竟然在读《旧约·创世记》中得到证实。而《旧约·创世记》实受西亚两河流域古巴比伦文化影响，同样内容的神话纪事也可在古希腊神话、古印度神话里得到印证。她说“天问”文体在国学中罕见，这种文体却与《旧约》和印度古文常相呼应。

看来“中国文化西来说”不是当代，要追溯到百年前，百年前的“中西文化论战”没有彻底说清楚。

人的个体基因突变，人会出问题，人类的性质基因突变也同样会出问题。人类文化基因突变会出大问题，本民族文化的根基断了，民族如何血脉延续？

庆幸，我是纯正的中国人。哈哈！

2021 年 11 月 26 日

眷　恋

人有许多情感，伤感、珍惜、依恋、了悟等，我最近感悟最深的感情是眷恋。人对人、对景、对事都有着深深的眷恋。当然不是对每个人、每个景、每件事都会眷恋。让你一生能够眷恋的人和事，一定触动了你心灵深处最美的地方，人与人价值取向的契合度决定人的心灵感应。

退休前，我就盼望着冬天能去海南过冬，放松自己，放飞心情，逃避北方的寒冷。有了天南海北的比较，北方枯树寒冬让人皱巴巴的，人是趋利避害的高级动物，追求舒适，追求过好日子。再说海南的月亮和繁星也留下了我深深的眷恋。

大海看多了，当年在美国的圣迭戈、洛杉矶、夏威夷的海岸和夕阳也留下美好瞬间，但都没有过依恋或眷恋的情感。只有海南，久不见我会深深地想念。冬天去海南成了一个心愿。现在没有工作的羁绊，又舍不下心爱的小外孙。外孙女我不担心，她独立、伶牙俐齿，创造力和思辨力都比同龄孩子强。弟弟敦厚，受了委屈会掉眼泪，常被姐姐训斥。一日弟弟站在窗前落泪，我问姐姐为什么？是不是你又招惹他？姐姐说：“没有。他在思考人生呢！”惹得我放声大笑。我们常认为老人照顾孙辈都是付出，但孩子给予我们的惊喜更多，特别是隔辈人。当初我们养育儿女时只盼着他们快点长大，现在对孙辈是欣赏，你会发现：人生来性格是不一样的，天赋各不相同，当然也需要后天的努力。“本性难移”是有一定道理的。所以人不可能是一个模具制造出来，“因材施教”真的了不起。说了半天想说的是，都是因为眷恋我的小外孙我放下立冬去海南的心愿，只好等他们放假带上他们一起去。

人们常说“仁者爱山，智者乐水”。我不是智者，但是我爱水，我喜欢河滩上漫步，湖边观鸟，海边赏月，但不喜欢登山。这些年爬山最高的也就是香山的“鬼见愁”，黄山和其他山，不是索道就是滑竿上去的。年轻时登过峨眉山金顶看日出，气喘吁吁，嘴唇发紫，爬上去全是云雾。去长白山看天池也一样，不想爬山，也爬不动了。

细想人这一生是一条直线也是一个圆圈，走了一段路，归来仍回到初心。会眷恋好的老师是因为他的思想，激励你追求知识和远见；会眷恋好的友人是因为他的真诚和善良，还有那促膝交谈的快乐；会眷恋优秀的领导是因为他无私的决策和选择；会眷恋你曾经的同事是因为他给予你任劳任怨的支持；会眷恋兄妹、家人是因为亲情陪伴。

又到年底，我充满了眷恋之情，我会带着眷恋去海南海边享受人生的孤独，拥抱宇宙的苍茫。

2021年12月2日凌晨5点

与王国华教授的对话

张：龚先生说，读新儒家读的是康德、黑格尔，他好像崇尚“老儒家”，人称小孔子。他的新著《龚鹏程：中西论衡》讲明了中西不同的文化特性。中西文化可以比较，但用西方的方法诠释中国的文化出来的结果就是中国文化西来说，就像苏雪林研究《楚辞》说像《旧约》，古印度、古巴比伦诗经等。我很佩服李泽厚先生，他的研究全部用马哲的方法分析，学者研究跳不出当下的局限。看来新文化运动，西方思想摧枯拉朽地冲击中国文化，中国文化的破坏不只是“文革”，应该回到百年前反思。是慈禧不行，还是孔孟不行，百年前提出“砸烂孔家店”。我们不应用西医的方法解释中医。我不是说西医不好，两码事。见笑了。

王：龚鹏程谈新儒家，实际上是在撰写近60年来中国思想史（或“20世纪台湾思想主潮”），文章对钱穆、唐君毅、牟宗三、徐复观、张君劢、林毓生等新儒家思想体系给予了十分明晰的论述，尤为引人注目的是，作为新儒家重要人物之一的龚鹏程本人，他深刻地阐述了这支思想流派（新儒家）在当下世界思想史的处境、见地、功夫与流弊……

张：脉把得准，如果用西方的方法论诠释中国文化，怎么看都是“中国文化西来说”。就像用西医的方法解释中医。中西文化有不同的文化属性和特性。如果我们想学好地道的英语，必须用“英英词典”。

王：张岚对龚鹏程先生的中西论衡颇有见地。龚先生博览群书，且儒学功底深厚，又与各位新儒家过从甚密，对他们的思想脉络当然十分熟悉啊……但龚先生似乎不愿承认自己是新儒家中的一员？(“故我未必可算得上是新儒家，但我的理解，恐怕还能属于‘个中人语’。有一点存在的感受，略能不太‘隔’。”）他对新儒家们豪迈英放的霸气以及独行特立的秉性阐述深刻（在新儒家这一方面，则由于他们反对时代流行思潮、质疑大学功能、批判学界颓风，且往往带着一种悲悯和企图拯救此一时代的情怀，以致新儒家人物及学说通常都可能含有两种仿佛相反的气质：由于他们要抗争、要批判，故不免使气，具有英杰豪霸的味道。不只熊十力如此，张君劢、徐复观、牟宗三等，无不如此。)。

我觉得龚先生也是一位桀骜不驯的新儒家啊。

张：谢谢。他对中国文化研究的方法与新儒家不同，他反对用西方的方法解释中国文化哲学。风度气质是外表，骨子里就是用中国文化诠释中国文化，基因不能突变。见笑了。

推荐读好书《龚鹏程：中西论衡》。弘扬我国优秀传统文化，借鉴西方文化，不是用西方的方法诠释中国文化。读后增强文化自信，关键是此书用深厚的思想、文化功底，通过中西文化的比较，阐明了中西不同文化的特性。在现代文明中，我们不能丢失自己。

2021 年 12 月 5 日

年终总结

每年到12月就忙着总结自己一年的成绩和不足，几十年都如此。今年不同的是没有人让我总结，自己要总结，要反思。“反思是对思想的反思，不是对思想者的反思。”

退休一年，读书不停，边走、边想、边记，今年出了我第二本散文随笔集《我想去远行》小书，记录了一年来的所思所想，没有混日子。

不足是：读书不系统、不深入，不求甚解。在哲学方面：对人与自然，物质与精神，主体与客体，主体与主体之间的关系搞不清楚，特别汗颜的是对最热爱的中国文化，内圣外王，礼乐文化，天人合一，知行合一等搞不清楚；在文学方面：对我国的古诗辞赋，古汉语、文字，古代艺术搞不清楚。

本来一年写一本小书，对我来说很不容易了，加上小心脏经常乱跳颤动。可是这一总结，也没有了太多的高兴。还是要与朋友们分享，感谢我亲爱的朋友和同事们给予我的关怀和鼓励。

2021年12月9日

看　海

海边的日子就是看海，看海，再看海！我第一次看海是海口市海甸岛白沙门，在海边游泳，有许多水母、海蜇，观海上夕阳。那是1988年，33年前，我从大西北黄河沙漠来到海南，是海的魅力更是海南要建全国最大的“经济特区”的吸引。那时，10万人才下海南，海南逐渐提高用人标准：硕士以上学历。改革开放，恢复高考也就10年，有多少硕、博士？海南没想到有这么多人，像当年进步青年奔向延安一样。这种局面来自小平的“思想再解放一点，胆子再大一点，步子再快一点”。许多硕士研究生找不到工作也不肯走，白天，年轻人拿着简历四处找工作；傍晚，海口市东湖宾馆门口学生们支锅卖饺子和馄饨，人潮如海浪滚滚而来。

没有几年，轰轰烈烈后，留下了许多烂尾楼，经商的淘了第一桶金走了，教授们因图书资料的缺乏走了，海南“冷”了。但是留下了一些值得深思的东西，如“小政府大社会”等。

最近几年，海南又热闹起来，我们冬天也能来海南万宁神州半岛看海，这里的海上有小岛，大海一样又不一样。有时间欣赏品味大海，“面向大海，春暖花开”。

随着阳光而变幻的大海，日出的大海波光粼粼，无风的天气海上一道道细细的波纹；万里蓝天下的大海，海水碧绿，像蓝绿交织的绸缎，被微风吹过在翩翩起舞；夕阳西下的大海，海上洒满落日的余晖，唤起你人生的惆怅与回忆；遇上大风天，海浪拍打沙滩岸边，翻江倒海的气势，惊险汹涌的浪花一浪高过一浪。大海如人生，海不是孤立的，随天气的变化而变化，随阳光的变化而变化，也因人的变化而变化。

海南人感念苏东坡，他讲学明道，不仅带来中原的文化，生活方式，关键是留下了知识分子对社会的责任和情怀。期盼多一点像东坡一样的市长，像东坡一样的词人，像东坡一样的书法家，像东坡一样地豪放、大气、洒脱。

天天看海，看久了会遥远而迷茫，因为海无边无际，你不知远方在哪里，就像你不知未来是什么。

每个人眼中的大海是不一样的。渔民的小船漂在海上打鱼，家人在“妈祖”前祈祷平安。

有闲有点钱的年轻人，在海边跳伞、冲浪、潜海，还有打高尔夫球的。

无论什么海浪都不可能完全阻挡人类的文明与进步，因为人追求过好日子。说到文明，最好的文化就是“仁、义、礼、智、信”五个字，无论用到人格培养还是社会治理都很精准。

大海几万年如一日，波澜壮阔，大浪淘沙。人像东坡先生那样“一蓑烟雨任平生”。

有几人能超越孔孟、老庄？有几个文学家能超越李白、杜甫与苏轼？只有有超越的理想，才能有继承的动力。

超越黑格尔应该是德国人的理想吧。

大海让你在孤独中思考，浪花朵朵，留在细沙上的脚印，瞬间被海水冲走，虽此一时非彼一时，艰难也好，曲折也吧，每走一步都是前行。

2021 年 12 月 27 日于三亚海云府

天涯镇

30 多年前就来过“天涯海角”，但没有听说过天涯镇。上网查找才知道，“18 世纪初，天涯镇是一片荒地，只在村北通往文门路口，有 3 家茅草房开设饭店，供应来往客人住宿，故称三间村”。

“清光绪二十六年庚子年（1900）5 月至辛丑年冬始编纂的崖州志中记载：下马陵（镇区驻地）下有 20 余户。近山近海，环境优美，被人们发现后，附近渔民迁来在沿岸一带住居，形成渔村。1949 年，为崖县信孚乡。1958 年，马岭公社。1966 年，更名天涯公社。1984 年，建天涯镇。2001 年 8 月，天涯镇、育才乡合并，设立天涯镇。2014 年 2 月 11 日，国务院批复三亚市撤六镇新设四区，撤销河西区、凤凰镇、天涯镇，设立天涯区。”

本来上网想查找历史故事或者美丽的传说，因为自古以来我们的一些历史、文化、诗歌是口述或吟诵而来，旅行除自然风光外，寻找到历史故事、名人传说、风土人情更是欢喜。没找到县志、区志，只好自说感受。

小镇家家户户的门庭都供着祖先，一层都是小商店。这个小镇的建筑模仿了希腊爱琴海圣托里尼岛，白墙蓝色门窗。我2010年去过希腊，他们的建筑主要是蓝、白色，建筑大多展现了宗教、流动的音乐和古希腊神话、传说的精华。白墙，蓝色圆顶歌德式建筑，顶尖上一个白色十字架，这是信仰东正教的标志，少数信仰伊斯兰教。

看来蓝白色调很适合海边，天蓝海绿，自由自在地走在白沙圣洁的海边，呼吸着清新的空气，海风拂面，人仿佛置身于透明的天空下，海面上渔舟点点，还有快艇，天空中时有飞机从海上飞过。海浪、岛礁、海湾、沙滩、碧绿的海水，大自然神奇搭配的天涯镇的海边竟然这样地美轮美幻。天那么高，海那么远。

潇带着安去玩皮划艇，我带着康在岸边玩沙子、踩浪花。一个多小时，被当头的烈日烤得脸痛，我躲在破旧的小渔船上坐着，看一个阿婆织渔网，康没戴帽子继续挖沙玩。

中午在“香遇海边音乐餐厅”吃海鲜，心想为什么叫这个“香”，“相遇”多好，人一生走过就是无数次的相遇，无论是与人、与事、与山水。

海边吃海鲜，别有一番风味，我点了扇贝、带子、生蚝、石斑鱼、空心菜、地瓜叶、冬瓜蛤蜊汤、海南椰饭，一共花了370元，觉得物有所值。

海边有咖啡店，没看到书店，有民宿，靠海的房子一天800元，背海的300元。小镇的规划还是有点意思，有点特色。这里的渔民做旅游，如果不是疫情生意会更好。海边的餐厅、咖啡店大多都是东北人开的。

天刚黑，我在路上看星空，瓦蓝的天空，繁星闪烁。在古代这里是荒芜之地，南宋词人，海南最早的一位文化名人、琼山道人，海南翁白玉蟾（葛长庚）词："多少风前月下，迤逦天涯海角，魂梦亦凄凉。"天涯，天的尽头，就是一条回不来的路。李清照流落到江南之后写词"今年海角天涯，萧萧两鬓生华"。天涯海角就是悲凉之地，流放之地。

今非昔比，天涯镇也玩希腊风情，期盼这里再多一些文化和音乐之声，给后人留下更多的诗与远方。

2021年12月28日晚于天涯镇

重逢在海边

与我有30多年友谊的学者朋友在海边相聚，也是我离开海南后30多年的心愿。上班时没时间，但他们从未在我心中远去。我从小就喜欢读书人，当然，书读得好，学问好，人品好就是我心目中的大英雄。

我们将老去，希望后人们能保持优秀知识分子的品行与追求真理孜孜不倦的努力。在课堂上学生不同意老师的观点，可以当面质疑，我不同意你的观点，但我尊重你的发言。我坚决反对学生背后告老师，首先要做一个坦诚相见的人，才有可能做一个好人。

学者相见，送书，交换思想。今天推荐闫广林教授的《海南岛文化根性的研究》，海南建省30多年，有那么一批知识分子克服种种困难，坚守在这里，研究海南。读了曹锡仁、周伟民先生的序就让我感动。周先生不赞同闫老师“海南文化是蓝色农业文化”，他的观点是“海南文化是海洋商业文化”。作者同意写在序里本身就是一种境界和对学术的尊崇。

无论我在高校还是从事行政工作，我身边总是有那么多有情怀的人激励着我前行。

从海南岛的文化根性的启迪，从一个新的维度研究我们华夏文化，传承中国文化。

《海南岛文化的根性研究》，是30多年我的海南情结得到的最好的馈赠。感谢广林教授。

2021年12月30日晨于三亚海云府

天涯海角寻找文化古迹

我一直好奇，古时候流放到天尽头、海之角的人是在什么样的心态中生活的？

今天早上先是去“崖州古城”寻找唐代政治家、文学家李德裕的足迹，他是牛李党争中李党领袖。梁启超对他评价极高，称他为中国古代六大政治家之一，与管仲、商鞅、诸葛亮、王安石、张居正并列。

李德裕最终被贬涯洲，海南人称他万古良相，海南“五公”之首。

李商隐是我喜欢的诗人，他深情而婉约。最浅显的诗就是《旧将军》：

云台高议正纷纷，
谁定当时荡寇勋。
日暮灞陵原上猎，
李将军是故将军。

后人说，这首诗中的李将军就是李德裕。李商隐因娶了王茂元的女儿，陷入牛李朋党之争。我对这些不感兴趣，而是对二李的才情敬佩。李商隐的诗千古绝唱，《夜雨寄北》《无题》，特别是《锦瑟》。李商隐苦思年华，借用了庄生梦蝶、杜鹃啼血、沧海珠泪、良玉生烟等典故，情真意切。《锦瑟》这首诗有的人说在讲政治，有的说是讲爱情。我们回不去唐代，李商隐内心世界谁又能懂得？我只是欣赏他的诗美而已。

李德裕的诗：《登崖州城作》

独上高楼望帝京，
鸟飞犹是半年程。
青山似欲留人住，
百匝千遭绕郡城。

李德裕优游不迫，舒缓宁静的“望帝京”，鸟飞帝京都要半年；“青山留人往”，无奈的嘲讽。可见他深沉而无望的凄凉心情。

到了崖州古城，这个有2000多年历史的古镇，有一个复建的灰色围墙。再往里走，小红门紧闭，周一休息。

我只好打开百度地图再寻找古迹，不远处有一个清代的“迎旺塔”，这个地方不会关门。

我们打开导航转了两圈，一个不是很高但很精致的灰砖小塔在眼前，四周在施工，塔很显新。我问一位工人“这塔是新建的？”“不是。塔斜了，我们给它扶正，又刷洗了，这是100多年的老塔。”

我转了一圈，拍了几张照片。迎旺塔六角七级砖土结构，高约20米，底层内径3米，中空，塔内5梯可攀登。历经岁月风化，彩绘花纹已模糊不清，可塔刹、塔身、塔基保存得基本完好。

我又跑去“崖城学宫”，它建于北宋，是中国最南的孔庙，又是关门，周一休息，我有点失望，想起30年前麻教授来海南约一个多月，带着20多箱书，逃离海南前紧锁眉头对我用河南话说：“这里啥也做不成，我过两天就走了，你谁也不要说。”我疑惑不解地看着他说：“你再等等看？”他高大的身影，边走边说：“不成！不成！”30年再没见过他，他是一位踏实做学问，研究佛学的博士，后来听说他回了一个大学，学问做得不错。

今天是什么日子，不宜出门，以后周一不去纪念馆、博物馆之类。

崖州有文化底蕴，这里曾有过许多历史文化名人：冼夫人、鉴真、黄道婆、钟芳、李德裕、卢多逊等。

我又查百度，还有什么文化古迹。找到了一个在三亚湾附近的龙王庙，我们开车56公里，1个小时到。心想这里不会关门。这座庙进去很小，供着东海、西海、南海、北海4尊龙神像，还有河神像、井（水）神像，香火旺盛。我也不懂，转了一圈左进右出。但愿龙王治水，风调雨顺，国泰民安。

走到门口，眼前一亮，蓝天白云下，云儿很低。有一条碧绿的河（可能是海水），停着很多白色游艇。我们开车在三亚湾路，海边没有高楼大厦，一眼望去无际的大海，路边是棕榈树和椰树，偶尔看到木棉树开着红花，我打开车窗，微风拂过。一直抱怨三亚前几年的开发高楼拔地而起，遮住了大海和青山，这个城市为什么不限高呢？今天终于看到了颇有国际海洋城市味道的三亚，喜出望外。如果海边的酒店建成坡形的，沿海湾全部限高二三十米，多引进一些国内国际一流的文化团体，多建一些文化设施，把古代文化与现代文化艺术相结合，大美三亚，包容东西所有优秀文化，用落笔洞之神笔、南中国海清纯的海水，大写意，在这片肥沃的红土地上，创造出最美的城市。

2022年1月3日于天涯镇

寻找黎族村落

以前听说黎族是海南岛最早的居民，苗族是从广西迁移来的，汉族也是迁移而来。近些年新发现的海南最早的人是远古时代落笔洞人，距今有万年，生活在旧时器时代。三亚落笔洞人是最早生活在海南岛的族群，可是后来去哪里了，也说不清。学者们认为根据“船形屋”证明黎族也是外来的，从福建坐船而来。

我在补课，30 年前，竟然没有去过黎寨、苗寨，年轻时真的不懂什么珍贵，大把的时间、精力、体力，就那么迷迷糊糊过去了。

昨晚，我给广林教授夫妇打电话，想请他们推荐一个原生态的黎族生活地区，我去看看。他们热情地给我推荐了五指山毛阳镇。广林教授说：“30 年前我去时，一个家的资产 25 元钱，现在也是扶贫点，你去看看。”他又热情洋溢给我介绍海南的黎族、苗族简况：黎族、汉族、苗族都是外省迁移来的，黎族据说是从福建来；苗族是明代从广西流放来 5000 人，他们给海南留下了“临高语”，如海口市的“南渡江”在临高语中就是“母亲河”的意思，“美”就是女儿的意思。

与学者聊天享受精神的快乐，放下电话，我决定了去五指山毛阳镇。

今晨7点半，我们驱车约150公里，海南三高速公路，海南主要有东线、中线、西线，乐东应该在西线。经青岭隧道进入乐东黎族苗族自治县。开了一个半小时的车，崭新的柏油降噪路，几乎无车，一片绿色的空旷，只见过一辆长城紫红色的小皮卡车，时速120公里。还有18公里将进入五指山市。

在青山绿树中驾车是一种轻松愉悦的享受。见天、见山，不见车。我唱着“我爱五指山，我爱万泉河”，跨过660米的毛农大桥。还有约5公里就到我要去的五指山毛阳镇，去看原生态的黎族风情。

牙什村、牙舍村、牙那村，看这地名就像黎族居住地，过一个桥就到了毛阳镇，一条不宽的马路，简易的小平房，没看到茅草房或船形屋。我去买点水果回来，老伴说他问了老乡，早都没有了，想看去“五指山黎峒文化园”，我嘴里嘀咕，园区都是新建的，但心里想现在茅草屋顶土房子也不安全，或许也搬迁了，也或许留下一小部分当园区。

时间是上午9点20分，我们只好导航去园区。我看见指示牌在河的左边，导航却指向河的右边，我们为道路的选择争执起来，最后还是按导航从右边没有指示牌的方向。56公里的路程，因为我不敢保证再往前走远了，没有路牌该怎么走，担不了走错路的责任，只好听导航的。两个人出门选择都难一致，一个单位就更不容易，当一个让大家都满意的领导更是难上加难。

山越来越高，绿色山脉、深深的峡谷，风景秀美。到了五指山大峡谷漂流地，又走了几公里，终于到了“五指山黎峒文化园”。我到游客中心准备买门票，一个人都没有，我问上面有什么可看的？售票员说是一个祭祀的平台，只有三月三等重要节日开。我又问有船形屋吗？答：“什么都没有。”

我又问：“附近山村有黎族特色的景物吗？”她一脸的惘然，说：“你去槟榔谷看吧。”

我只好又打开百度导航，往58公里外的槟榔谷驶去。导航厉害，走的无名小土路，我担心导错了，但是没有更好的选择，没有导航寸步难行。下山很快，是一条比较平坦的路，我来时的拐弯坡路没了，到了保亭又走了一个多小时的乡村小路，终于到了“槟榔谷文化园区”，到处看到槟榔树。已经是中午1点多了，我看了看“非遗村”和“甘什黎村”，拍了几张照片，吃了我最喜欢的“海南粉”，已是下午3点50分了，又开车往回走。

从早上到下午都在坐车，我有点遗憾，如果深入到毛阳镇找一个老乡聊聊天也好，即使没有“船形屋”，也可以了解他们现在的生活如何？还保留了多少黎族的习俗？

今天的行程不很如意，但是五指山“五峰如指翠相连，撑起炎荒半壁天”的景象美不胜收。

2022年1月4日于天涯镇

“家里永远不锁门”——我心中的苗寨

中午1点送潇、安、康去三亚凤凰机场回京，路上潇说不想回京能在三亚生活多好。我说：“这多容易留下呗。”她看着我说：“娃们上学没办法，可惜这里没有国际学校。”

她突然问我：“我们昨天在伊斯兰广场做核酸检测，免费的。怎么这里有回民？”

我说：“你没看见有清真寺还有清真餐厅。这里有穆斯林大约是因三亚是古代海上丝绸运输的必经之路，有内陆的回族来，也有从阿拉伯国家经商做贸易留下的。前天你们去海棠湾后海村玩皮划艇、冲浪，海燕阿姨来接我，去天涯海角附近一个不起眼的小餐馆吃酸汤鱼，就是回民开的。我一进去妇女都戴着黑纱配有紫红色花边的盖头。酸汤鱼很好吃，酸味不是醋，是海南的酸豆角、洋桃、芹菜、海南酸菜、香菜，鱼汤特别鲜。”

这是女儿上岛一周与我说话最长的一段时间。不一会儿到了机场，女儿坚持不让我送进去，放下行李，我不舍地看着他们进机场，拐弯了康康还回头与我摆手。

孩子就是在不断与你摆手中长大。

我一看表，1点15分，我们开车去了我惦记了几天的“落笔洞”，导航显示只有15公里。我是在读广林教授书时，看到曹老师在序中写道：“谁是最早生活在海南岛上的族群呢？汉人、黎人、苗人，抑或是远古的落笔洞人？”海南岛有过远古人让我惊讶，距今万年，旧石器时代。导航过去，说是到了目的地，就是找不到。一个地方转了两圈，我又查地图，是在“三亚学院”附近，我下去又问看门人，对方用手指回我刚才来的方向。这条路很美，路两边高大的树木上开着花，树根还有藤蔓，有点像榕树。路边卖柑橘的8元1斤，买了2斤。抬头一看，马路对面一个石头上写着“落笔村”，我欣喜，不是找到而是偶遇。心里乐开花了。急忙穿过马路，问路边的村民：“请问，落笔洞在哪里？”个子矮小、又黑又瘦的男孩告诉我：“对面那个山就是。”

“怎么进去呀？”

“你去村里开路条才能进去。”

“啊？路条？山上有什么？”

“你要带上手电筒，爬山进去看。”

我想了一下，这个时间爬山有点晚了，还是说了声谢谢，失望而归。

上了车，老伴问我还去哪。他可能看出我不甘心的样子。我想起高速大牌子上写的“哑啦米苗寨”。我们又开始导航，56公里，加满了油，买了四五盒海南椰饼等小饼干，平日我是不吃这些的。老伴抱怨这点玩意儿180元，太贵了。

我想起，30年前，叶舒宪老师去五指山黎寨考察迷路了，一个晚上趴在树上，怕山里有狼，第二天天亮浑身被蚊子咬得都是包。还好他被找到了，住了几天医院。

路修得真好，无论南北都到乡镇。开始是柏油马路，最后19公里都是拐弯的山路，山路崎岖越走越美。远山是不同的绿：满天乌云遮住阳光映衬着山是墨绿色，山尖吻着云朵；蓝天白云下的山峦叠翠，一棵棵笔直的椰树；爬过一座山有一段平路，路边的树结满了波萝蜜，高大的椰子树上结着一簇簇的椰子，有绿色的，还有金色的；再上一座山下来一段平路，马路两边都是香蕉树。终于看到“那阳村”“哑啦米苗寨”的牌子。我大喘口气，又按导航走到终点。

我下车一看，只有两排简单的房子，哪里有苗寨？我看到一位身穿绿色连衣裙约40岁的中年妇女站在门口，我上前问：“请问哪里是苗寨？”她十分热情地说：“苗寨还没建好，我们打了申请报告好久了，上面没有批。”

“是镇里吗？”

“镇里不行，可能要市里批。”

“你是苗族吗？”

“是的。我以前住在茅草房，刚搬迁过来。今天太晚了，上午来我们可以带你们划船去对面爬山。”

“我爬不动山了，能借用一下卫生间吗？”

“可以，进屋往里去。”

“谢谢！”

我进屋经过客厅，有一个男孩约十七八岁，女孩十五六岁，正在抓紧时间吃饭。两人看似兄妹，长得很像妈妈，大眼睛，高鼻梁，轮廓清晰，浅棕色皮肤，满脸的胶原蛋白，一种力量健康之美。

我出来，客厅没人了。我急忙走到门口，中年妇女在一辆灰色小轿车旁对我说：“我要去市里送孩子上学，这是我们自家做的汴米酒，送你啦！”

我惊讶道谢。充分感受到苗族人的好客、热情，身上却没有什么可给她的礼物。

她率真地打开车门系上安全带，马上又下车来对我说：“你千万不要把酒倒着放，会洒出来，你要立着放。”说完她又上车，急着赶路，车窗玻璃半开着。我抱着米酒，快走了两步说：“你没有锁家门！”

她大声有底气地说："家里永远不锁门！"在夕阳下，她的短发在微风中飘逸，深邃的眼眸、长睫毛、纯真的微笑，我的泪水夺眶而出，我傻傻地站在路边看着远去的车影……

我们太狭隘了，难怪大城市的人失眠、焦虑。

"家里永远不锁门！"我仿佛看到了"桃花源"。虽说我没看到茅草棚、苗族服饰和山歌里的苗寨。

我看到了地地道道的苗寨人，家里永远不锁门——我心中的苗寨！

我第一次打破医生朋友给我的禁酒令，回来一进门，先倒了一小杯汴米酒，喝了一小口，香美。

2022年1月2日于三亚天涯镇

海边的家

回到万宁神州半岛泰悦居，两室一厅的小屋，有些暗淡，一股淡淡的霉味，于是打开门窗通风。一片安静，只能听到海浪的声音。家里什么吃的东西都没有，只好煮了一碗清汤挂面，放了一点榨菜。吃罢，马上开洗，把家里的床单、毛巾、沙发罩等能洗的全洗，晒被子、枕头。

站在阳台一眼望去，前两年新建的灯塔上人络绎不绝。听说这灯塔已是网红打卡地，每逢节假日进泰悦居的海边小路都堵得水泄不通。一个小小不起眼的灯塔都能火，可见人们对文化细节的需求越来越迫切。

这里比三亚天气阴些，云儿也多。昨天从三亚回万宁138公里，到牛岭分界线时，在三亚边界看到牛岭山那边，万宁天空云朵就明显多了。三亚也是海边，气候干燥，我每天往脸上喷水雾还像是在北京一样干。回到万宁，感觉微湿。

昨天傍晚我下楼散步，遇上小区的六七位中年妇女在跳“大妈舞”，与广场舞略不同，在约20米的圆圈转圈跳，声音不是很大，舞步抒情缓慢。她们叫我一起跳，我跟在最后。这是我第一次跳，她们选的音乐好听，我以前是坚决不跳公园的广场舞的，今天也跳上了，一个半小时，有点累，浑身大汗。

我还是上中学参加毛泽东思想宣传队时跳过舞，如藏族舞“洗衣歌”等。20世纪80年代初在大西北高校从事团的工作，学校怕年轻的老师们觉得生活单调，组织青年老师每周五晚在学校的大教堂跳交谊舞，跳不过3支舞曲我就溜回家了，那时女儿刚有几个月大。

后来再没有跳过舞。跳到第6个曲子时我已气喘吁吁，动作慢了下来，怕心动过速，但还是坚持跳完10支曲子，浑身是汗。结束后，问她们回家看电视吗？我的电视机坏了，可能是湿气太重了。小辛说，她从不看电视，看星星，还买了一个天文望远镜，晚上看星空。

还有比我浪漫的，我笑了。

今早起来，接着晒被子，洗床单。中午吃过饭，天上阴云笼罩，我也去灯塔打个卡。散步到灯塔，有几对年轻人穿着情侣装，骑电动车过来，摆着优美的姿态拍照。他们都好看，女孩长长的直发在海风中飞舞，男孩帅气，忙着给女孩拍照、拎包、拿水。现在的年轻人真的幸福，我像他们这么大时，已经工作了，挣的那点钱够吃饭就不错了，哪敢想旅游。想到这就想起改革开放了，想起邓公。

海边，两个年轻人在冲浪，一次又一次被海浪打翻，几分钟不见人影，我就担心，千万别被海浪打沉了，这可没法“三落三起”，海浪推着海浪，一个接着一个，一浪高过一浪，年轻人上岸了。

家里电视机坏了，这里只有海浪声，海浪的节拍声也不一样，有急有缓。偶尔听到直升机声，还有玩滑翔伞的，海边也有人钓鱼。中国南海别样的宁静与美丽，大浪不断淘沙，浪不停，沙还在。

阴了一个上午，飘了几滴雨点，天空放晴，海边的天气多变，琢磨不透，太阳出来了，今晚可以坐在阳台上看星空。

2022年1月7日下午于万宁神州半岛泰悦居

美属于你，不是永远属于你

万宁神州半岛泰悦居海边小区，园林绿化景观设计得很美，橘红色砖、红瓦、米色墙的5层小板楼隐没在绿色的树木花草中。

小区里的花草树木超过上百种，我大多都不认识。我的同事告诉我用微信小程序里的“识花君”拍照，它会告诉你植物的名字并介绍。我散步时拍了几张，认识了凤凰木、火焰树、榄仁树、印度榕树、龙船花、叶子花、花叶女贞、灰莉、红花羊蹄甲，还有中药材假连翘等。树上长的能吃的水果大多认识，椰子、波萝蜜、槟榔等，不能吃的花草树木几乎都不认识。这次才弄明白槟榔树与椰子树的不同，槟榔树叶小，树干细直高。

自然的植物遵循着特定的旋律被纳入人为的秩序中，自然原始的花和叶变成它们该有的模样，琴叶珊瑚和龙船花仿佛不再是各自科属中一株株无名的植物。

3年前，我住在这儿，在椰风与海浪声中抱着《瓦尔登湖》细读，想走进梭罗的世界。我失望了，森林、木头、钉子、上千种的植物，还有他记的账本，我看烦了，但还是耐着性子读完了。认识上千种植物是需要时间的，那时没有手机，没有微信，没有大数据，没有区块链。去关心植物并产生兴趣，品味孤静的生活，让心静下来，让生活慢下来还是受梭罗的影响。

走进平静的日子，我又想起美国作家、思想家梭罗。1845年春天，心傲孤远、风华正茂的梭罗，借来一柄斧头独自一人走进瓦尔登湖畔的森林深处，几乎不借助任何现代文明的帮助，完全依靠着自力更生与原始交换生活了2年多。

他选择了瓦尔登湖，选择了心灵的自由和闲适。他搭起木屋，开荒种地，写作看书，过着非常简朴、原始的生活。在这期间，他如饥似渴地读，思考生命的意义和人生的价值，努力地写作，终于完成了传世佳作《瓦尔登湖》。

这本书写于19世纪中叶，那时正是资本主义的飞速发展时期，在当时的背景下，人们追逐利益，想尽一切办法来使自己获得更高的权力和更多的金钱。工业文明、喧嚣社会挤压着人类，侵蚀着人性。

这本书与资本主义工业文明相对抗，呼唤回归人性的本我。远离现代工业文明，选择心灵自由的简单慢生活，自己建房，种菜，做饭，读书写作，认识了上千种植物并与自然对话。它是不可多得的长篇自然散文随笔，一幅“采菊东篱下，悠然见南山”的画卷。

云卷云舒，大自然是活的灵魂与精美的艺术品。美可以降临于任何人，却从不属于任何人。

2022年1月10日腊月初八于泰悦居

海边的一天

万宁神州半岛海边，阴云天多，我只好在家读书。昨晚下了小雨，来时带了日本作家三岛由纪夫的《金阁寺》，很适合在无边无际的大海边上读。我比较喜欢以散文随笔的手法写的小说，这本书文笔看上去轻松，实为深刻，揭示人性的残缺。作者以第一人称写“我”的亲身经历，口吃，生理缺陷，柏木内足翻造成心理变态，好友善良的鹤川以及对父母的揭示……主人公生活在一个丑陋的世界，“口吃”加重别人对他的恶意，他的梦想被嘲笑，自尊心被践踏，人与人之间的妒忌，都太残酷了。或许，这就是悲剧，把美的东西毁灭给人看。“我”为逝去的白昼，失去的光明、逝去的夏天而哭泣，每到高兴与难过时，“金阁寺”就显现出来。淡淡的凄美，有的情节太扎心了。

早上7点起来，吃了半个芝麻饼，1个鸡蛋，坐8点的小电瓶车去商业街，花了230元租1天汽车，开车去万宁兴隆热带植物园。路程约20公里，这里也是海南热带植物研究所，1997年对外开放，可以参观，门票50元，老年票

25元。这里有3200多种植物，占地面积约650亩。

第一次看到可可豆挂在树上，还有海南兴隆的咖啡豆、橡胶树、黄花梨树、沉香、见血封喉（剧毒树）。导游说，这里大多是20世纪五六十年代马来西亚排华时期，华侨们从外面回来时带回来的种子，海南岛不只是古代的流放之地，还是一个侨乡。

只是园区的1/4，走一天也看不完的，我只走了一个上午，满足一下对热带植物的好奇。

中午在首创的奥特莱斯，吃上海的小汤包、水煎包、馄饨、鸭血粉丝汤。回来的路上偶遇“老符村”，我一直想去渔村看看渔民怎样生活。拐进小路，看见老人看家种田，种槟榔，现在已经不是渔村，周边都盖了楼房。

田头有一位阿婆，又矮又瘦，满脸皱纹，戴着一个斗笠，弯曲着身子拔草。我站在田边问：“阿婆您好！您在干活？”她抬起头来，手里拎着一些水草，看着我讲海南话，我一句也听不懂。我又费劲地连说带比画，她还是不懂，她发出“不会，不会说”的音，用手摇着告诉我。我只好用我唯一会说的海南话：“嗲嗲（dia dia）。”

我又往有人家的地方走去，村口站着一个十八九岁的女孩，梳着短发。我问了几句，她只是歪着头，歪着嘴对我笑 。我意识到这可能是一个智障的孩子。有一个年轻男子骑着电动车停下来看着我，我问他，才知道这个村有330户，年轻人都进城务工了。

村里有旧房子，有新盖的二层小楼，鸡满院子散步，村民日子过得还好。

回来的路上，远山还有一片片高高的槟榔树，绿色的草地上水牛在吃草。

我50年没见过面的初中乐队的校友，当时他是拉手风琴的，还会弹钢琴。他发了几张少年时代我们乐队的照片，然后又打电话给我，50年第一次听到他的声音，真是半个世纪的回电，我也很感动。他说相册里有我穿着中式衣服弹扬琴的照片，他让我想起纯真的少年时代。开始怀旧了，以前根本没时间想念过去，感谢我少年时代的同学、朋友和老师！可我已经不是从前的那个少年，我永远也不可能回到从前了。

我的少年比《金阁寺》主人翁的“我”幸福快乐，都是因为有那个乐队。

傍晚，在楼下伴着椰风海韵，在月光下跳“大妈舞”，自由自在地跳，非常轻松惬意。我喜欢歌曲《酒醉的蝴蝶》，此时自己就是月光下的蝴蝶，任意地飞，不怕跳不好，因为没有观众。

回到家里阳台，月儿在云朵里穿行，看了半天还是半个月亮，不到十五，月亮怎么会圆，楼下传来阵阵的口琴声，是《珊瑚颂》，一听曲子就知道。他的年龄与我差不多，或许他也开始怀旧，想念少年时代。

2022年1月12日于泰悦居

寻找小渔村

在海边一直想寻找原生态的小渔村，看看渔民现在的捕捞生活。找了两个村，有养殖鱼苗的，有种菜、种植槟榔的，见不到渔船和渔民。

今晨吃过早饭，沿着海岸线散步，退潮百米的海岸，白沙细软，来的人多了，很难捡到贝壳。天空布满薄云，烟雨朦胧下水气弥漫，海天一色，分不清楚海天的边缘。阴天不晒，海风拂面清爽，海上有两个小岛。碧海云天，水是绿色的浪花。走了约1公里多，突然看见海边有人在捕鱼，说是昨晚上下的网。我凑近一看，渔民费劲巴拉拉上的渔网，只有几条带鱼、海鲫鱼、小石斑鱼，还有小鱼苗。

与身边的人交流才知道，原来这里就是从前的小渔村。近些年搞房地产开发，渔民搬迁了。难怪我家北面有许多渔船，早晚都有机帆船轰鸣的马达声，比拖拉机的声音大。

我家楼下有一个小小的路界牌，在海边的沙滩上，东边叫东澳镇，海岸线全长21公里，海拔5米，年平均气温

24摄氏度。内海东澳港是个天然大泻湖，总面积4平方公里，平均水深2.5米，最深7米，海水清澈，水温适宜，空气清新，负氧离子含量一定高，海风中有淡淡的海盐味道。界牌的西边叫礼纪镇，听上去是个满有文化的镇名。

我们住在东澳镇神州半岛的最南面，东至西有5个美丽的海湾，东渥湾、辽前湾、渥子湾、西渥湾、南荣湾。东渥湾形如半月，背靠如黛青山，如雪沙滩依山傍海，是一个天然渔场。

我们的房子从前面看很美，红色瓦房隐没在花草树木中，三面环海，正前方是中国南海，背靠老爷山和老爷海港，西边有个小山，现在已建成一个温德姆酒店，路边全是渔民的小渔船。

渔民很聪明，把小鱼装进网箱饲养，每天开船到深海处把网箱放在海里，晚上再开回来，有点儿像放牛、放羊，我说这叫放鱼。但是我不懂，这鱼还是自然生长在海里的鱼的味道吗？

这里有美丽的海湾、海滩、天然海港，酒店、高尔夫球场、高层楼房相互交错排列，天上有直升机，海上有小游船，还有冲浪的。

现代化的进程已经驱赶了原生态的渔港和小渔村。对居民来说每天都能听到小机帆船马达嘟嘟的轰鸣声，对渔民来说，这些商品房破坏了他们原生态的天然渔港。但问题是只有搞好旅游业才能给他们致富，靠打鱼卖鱼挣不了几个钱。

说来说去，科学规划很重要。可以留下几个天然渔港、码头给渔民，提高收购价格，想办法让他们靠海致富，在渔村搞民宿，连带文化产品，搞旅游。我担心，没有渔村，没有渔民，真的就没有海产品了。

今天看到渔网拉上来的小海鱼可怜兮兮的。

改变世界靠的从来不是执行，而是认知。一切事物都不可急功近利。居住在海边的人或来度假的人只能看海，如果能有一些文化设施、文艺演出就好了。人们就不会只盯着吃鱼、吃海鲜了，大部分精力会投入文化和体育生活。

中午，太阳穿过云层，照在海面，天空滴滴答答飘下细雨，我惊喜，是“太阳雨”！走到商业中心，去“泰福楼”吃午饭，今天不吃鱼了。点了一个东山羊，一个三丝米粉，一个空心菜。我望着大海发呆，喇叭里传来娃娃唱的《漂洋过海来看你》，想起我娘的一句话：“人要知足，不要总是这山看着那山高。”

2022 年 1 月 14 日下午于神州半岛泰悦居

取舍就是选择

晨6时，万宁的天空布满阴云但透亮，海上风小浪也小，这里天亮得晚，约7点多天空才放亮。

今天要回京了，还有点舍不得。人就是一个情感动物，走过的路，山山水水，一草一木都让你留恋，何况是这里的空气，树木，花草。住在这儿，家里不用养花，出门小区就是一个大花园。打开阳台门就是浩瀚无垠的大海，刚开始我不习惯海浪声、渔船声，感觉吵得很，现在听习惯了。

这次海南之行最快乐的是见了30多年前我的教授朋友们，歪打正着大家对叶舒宪老师的“玄玉时代”进行了讨论，并提出很好的建议。我仿佛又回到了20世纪80年代，“我不同意你的说法”，公开质疑和讨论学术观点。君子和而不同，我总是羡慕和追求一个“你行，我比你还行”的环境，而不是你行我不行就下绊子。

这次来心中也有遗憾，没有去海口看望生病的曹锡仁老师，他却安慰我说：“北京天冷注意不要感冒。对了，小张，你下次来一定去一下这些地方：一是崖城边上也是宁远河畔的水南村，这是若干朝廷大员被贬的住地，其实他们均是忠烈之士！二是陵水和三亚的贝丘遗址，是‘南岛语族’的生息之地，意味深长……三是昌江的钱铁洞和黄帝洞，这是文明人出现之前，亦即是海南岛和大陆没有分离之前的古人类生息之地。还有海口龙桥的火山石水利工程，它是唐末宰相韦执谊被贬琼州后带领百姓按都江堰的原理打造的，人们沿用至今……另外，琼北的老民宅老古镇老港口老书院也值得一逛，会让游者有无尽遐想……当然中国（海南）南海博物馆也值得参观！当然还有很多，慢慢地品味一下中华文明的顽强生命力和包容性……”活脱脱的一个北方汉子，活得通透。我的泪水夺眶而出，不知道说什么好。中国就是有那么一大批知识分子，他们“一箪食，一瓢饮”，却胸怀天下。

离开还很是不舍，关好门窗，出了门，又回去转一圈，再关上门，再来又是年底了，下一个冬天。

好友劝我，住到 4 月再回京。北京又散见新冠病例，琢磨再三我心里还是放不下安、康，没有他俩，过年还有啥意思。有他们在热闹，我会准备年货，准备红包，准备春联，准备年夜饭，尽量让年味浓些。过年让全家人团聚高兴，吃得开心，这是我母亲教会我的。儿时，母亲就是这样，无论自己再苦再累，平日也省吃俭用，攒下来的钱用来买米、面、油过年，忙碌着给我们炸油饼、花花、馓子、夹板子、丸子等，还大扫除，拆洗家里的被子、床单。每到过年我就想起母亲忙碌的样子，家的样子就是父母的样子，持家过日子主要是母亲。

安、康从不给我打电话，我还是想他们，自己主动回京。

从万宁到三亚凤凰机场约一个半小时，我们两个人托运两个大箱子，说是超重10公斤，要么罚600元，要么把东西拿出来一些。我打开箱子，衣服不重，最重的是书，特别是叶舒宪老师的几本关于研究“玉成中国”的书，还有海燕姐姐给我的口服的“胶原蛋白”。我的手提箱实在装不下了，只好装书，放下了胶原蛋白。（海燕姐千万不要生我的气）人总是有取舍，我这个年龄，“胶原蛋白”不重要了。

下午5点，飞机落在首都机场T3航站楼，天气像灰色牛奶，树光秃秃的，国航的大飞机几乎都要坐摆渡车，等了1个小时才取到行李。还好，出首都机场手续简单，只看体温。在三亚上飞机时，查看两次核酸证明和北京健康宝，去北京是一个单独通道。

回到家晚上7点半，一天折腾了13个小时。

2022年1月19日夜于北京

补：今晨7点，窗外下雪了，我的祖国无论哪里都让人舍不得。

年　味

从四季如春的海南回京，我还沉浸在蓝天、白云、鲜花、椰树、海浪中没醒过来，就遇到2022年的第一场雪，忽然走进冬天的童话。

在冰天雪地中感受着温暖。过年了，单位“送温暖”，一袋米、一袋面、一桶花生油、两盒鸡蛋。我上班时每逢过年也去看望过退休的老同志，还有家庭困难的人。当时我心里想，这点东西人家稀罕吗？今天换位了，在寒冬冰雪天，收到的是深情厚谊，深感温暖。

晚上看完国家大剧院演出的《图兰朵》久久不能入睡，雪夜里思考。我又感受到文化的力量，我们的文化就是讲情、讲合、讲圆满、重融合。《易经》上说，易的乾坤两卦，一阴一阳、一天一地，本来是矛盾的，但两卦都讲合。谁说中国没有哲学？这不就是西方哲学的“对立统一”辩证思维吗？中西文化诠释世界的方法不同而已。“中国人在真、善、美三个面向上也都主张合。在真的层面上讲天人合一，在善的领域讲知行合一，在美的部分讲情景合一。”

（《龚鹏程：中西论衡》）

读这本书让我懂得了，天人合一，知行合一，情景合一，概括了中国思想“合”的价值取向。

中西文化最大的不同是：中国人讲合，西方人讲分。中西文化各有所长，也各有所短，但不能以偏概全。有人说，中国古代的传统文化都是封建的，制约了社会的发展。唉，你不行全怨老祖先了。这种全盘西化的论调搞乱了我们的脑子，特别是年轻人的教育环境。当然，我说这些，不是要简单地把公交车站、地铁站的名字从英文改成拼音。

我听说，北大有一对著名的教授夫妇，一生忙着学术，含辛茹苦地把一双儿女养大，并给了他们最好的教育环境，他们去美国留学后定居。前几年先生病逝，孤身一人的女教授 90 岁了，两个儿女别说不打电话，人在哪里都不知道。这是什么文化教育培养出来的“人”？“分”讲独立，你向父母伸手要钱，不讲独立，一个人自己的父母都不爱还能爱别人吗？什么博爱，爱的是利益。美国知识分子对美国社会的问题，年轻人的颓废，忧心忡忡。我们千万不能让资本主义的精神垃圾腐蚀我们的青少年。

孝道、孝文化是中国文化的重要组成部分，每个人、每个家有秩序，社会就有秩序，每个家过好了，社会就能繁荣。

过年时，给父母打个电话，省下你少买一件衣服、少喝一次酒、少抽烟一包烟的钱，给父母寄点礼物，他们或不缺，他们却在意儿女的关爱。不要以我们老了也要去养老院，父母也应该自己独立的理由安慰自己。哪个父母都不愿麻烦儿女，但是，人之所以为人，终身都应首先感恩你父母的养育之恩。那些不爱父母，却爱领导（老板）的人能是忠诚的？骗人的鬼话。

天人合德，有真人而后有真知。过年了，年味就是人味，也是文化文明的味道。

2022年1月21日夜于北京大雪天

面　子

过年了，经常想起儿时往事。怎么过年都是学着母亲的过法，扫房子，洗被单、床单、窗帘，家里见布就洗，办年货简单了，现在都是成品和半成品。关键是日子好过了，天天都像过年，不像我们小时候只有过年才能吃好的，穿母亲做的新衣新鞋。

我们也不再像母亲那样，关着门窗炸油饼、炸花花、炸馓子，被油烟呛得流鼻涕眼泪。母亲说开门窗风会把油刮走了，那是攒了一年的油，那时油是限供的。

我们最担心的是中途如果家里来亲戚或者父亲的老战友，我们会连续几个月吃不上肉。因为母亲会把家里所有的肉票、豆腐票全给客人吃了，我们看着眼馋。如果客人让我们一起吃，母亲会让我们先出去玩，客人走了，残羹剩饭我们兄妹回来吃着可香了。我们家一直是这样，只要母亲在，她会把家里最好的都给客人吃。

小时候我认为母亲太善良了。后来30多岁我去美国留学，有时候周末去美国同学家，他们招待我们都很简单，沙拉、苹果派、香蕉派、甜点、烧烤等，吃得简单但特别开心。

我到崇文区工作后，与国外的友好城市交流，也是比较简单。他们事前要申报接待费用的，如果没批准，要么不安排吃饭，要么个人掏腰包。

热情好客是我们的传统，如果超过了自己的能力，打肿脸充胖子，死要面子活受罪，真的没必要，但我们许多时候还是选择了面子。其实面子要与内容一致，否则咬紧牙关去维护面子太累了，也不开心。

老外好像不太在乎面子，穿着破牛仔裤流浪卖唱也很开心，仿佛在说这就是我真实的生活。再说我过日子，你来了，我吃什么你吃什么，平常心待客，没有必要倾囊而出，让自家人半年没好饭吃。

还有，你美国人喜欢高楼大厦，穿比基尼，我喜欢四合院，穿旗袍，为什么你喜欢的我就喜欢？本来就是不同的民族，各有各的活法。

我反复想母亲饿着肚子，看着儿女眼巴巴地盯着桌上的肉菜，她为什么这样做？是文化传统，还是因为我们太穷了，母亲怕别人看不起，还是没有物质基础就没有应有的自信？

我不是抱怨我的母亲，说自己的母亲不好，我深深地可怜和同情我的母亲，都是儿女不够强大，母亲才不会有真正的自信，才会太在乎别人怎么看我们。

2022 年 1 月 26 日晚

重读经典

过年了，京城满满的年味。马路上、小区内光秃秃的树枝上都挂着红色灯笼和彩色花灯。

年根儿，快递小哥还上班，说今年过年不回家，5天做1次核酸，自费1次18元钱。听后我心里有点酸酸的。“辛苦啦！慢走！注意安全！”发自内心的感动。

路上明显地，车少人少，感觉能回家的人还是回去了，楼里也很冷清，比往日人少多了。

今年的首场雪下过9天了，龙潭湖上的雪还没有完全化，天气并不是很冷，白天零上2度，晚上零下5度左右，但不知为什么就是感觉冷。寒风拼命往骨头缝里钻，地面冻得硬硬的，踩在哪里都感觉像石头路面，蓝天下也这么冷。

我不能像往年一样，去花乡买花买小金鱼，不敢在网上订购海鲜，网上订购的灯笼说无法寄，只好退货。

疫情下生活两年，人的心态、生活方式是否会改变？改变多少？哪些生活习惯改变了？这个时代留下多少可歌可泣的感人故事，又留下多少与亲情、爱情、友情肝肠寸断、撕心裂肺的告别。我们经历了百年不遇的全世界大流行的疫情，能留下多少酣畅淋漓，揭示人性的善良或者丑恶，天人合一、知行合一、情景合一的不朽文学作品呢？我想起30多年前读过的加缪的《鼠疫》和加西亚·马尔克斯的《霍乱时期的爱情》。《鼠疫》是加缪的代表作。该书通过描写北非一个叫奥兰的城市在突发鼠疫后以主人公里厄医生为代表的一大批人面对瘟疫奋力抗争的故事，淋漓尽致地描写了那些敢于直面惨淡的人生、拥有“知其不可而为之”的真正勇者，表现了不绝望、不颓丧，在荒诞中的反抗，在绝望中坚持真理和正义的伟大的人道主义精神。

《霍乱时期的爱情》作者加西亚·马尔克斯，是写出《百年孤独》震撼世界的伟大作家。该小说讲述了一段跨越半个多世纪的爱情故事：男女主人公在20岁的时候没能结婚，因为他们太年轻了；经过各种人生曲折之后，到了80岁，他们还是没能结婚，因为他们太老了。在50多年的时间跨度中，作者展示了所有爱情的可能性，所有的爱情方式。

该小说不仅表达了“经历爱情的折磨是一种尊严”，更重要的是展现了哥伦比亚的历史。战争和霍乱威胁着拉美人民的生命，而人为的破坏加剧了人与自然的对立，人的社会孤独感使人与人之间缺乏理解信任，心理距离加大。

我喜欢加缪法国人特有的浪漫和细腻柔软诗意的文笔；我喜欢马尔克斯老辣霸气犀利的文笔，无论讲战争、疫情还是爱情他都入木三分，刻画得淋漓尽致，不留余地。

重读伟大的作品，我已不像年轻时只看爱情的细节，去辨析那是崇高的、纯粹的爱情，还是庸俗的、市侩的爱情交易。

我开始读懂，个人的命运，无论生死与爱情都逃不过时代的命运。但我还是被纯粹的爱情感动，在53年7个月零11天以来的日日夜夜，佛罗伦蒂诺·阿里萨一直都准备好了答案。他们用一生一世超越了世俗的偏见，他们不是同情，是一种生命无可替代的交流。小说中的社会孤独感，反映了社会时代人们的心态变化，展现了人与社会、人与人、人与自然的隔阂。这本小说的主题已经远远超越了单纯的爱情主题。

我无法完全理解马尔克斯笔下的爱情故事，就像我无法完全理解李商隐一样。因为我们所处的时代背景不一样，决定了我们对生活、对爱情的选择不可能一样。

窗外，寒冷的天空悠远而深邃，龙潭湖边上的淡黄色灯光闪闪烁烁，落在湖面冰上发着冷光。

《红楼梦》里，曹雪芹也总结出这样一句话：一抔净土掩风流，质本洁来还洁去。这两位老人的渡轮无法靠岸时，他们决然离开，奔着生命的真谛，义无反顾，一生一世。

人生就是一部长篇小说，有的人读懂了，有的人一辈子也读不懂。

2022年1月29日

虎年初一出门见猫

以前我只喜欢狗，不喜欢猫。只因儿时父亲给我讲过，狗不嫌家贫，是忠诚，不像猫谁给好吃的跟谁走。近日来遇上猫觉得也很可爱。

今天大年初一，回家遇上几只猫，特别是那只小白猫，黄尾巴围在我脚边不走，与我有一种天然的亲切感。我手里也没可吃的东西，第一次有猫主动亲近我，看来猫和人也是讲缘分的。我站了一会太冷，只好往回走，走了几步还是舍不得又停下来看它。它也没走看着我，又跑过来在我脚边，真想抱抱它。但想到近日有外国专家说，奥密克戎病毒宿主在老鼠身上，想到猫抓老鼠，还是就此别过吧。

民间传说猫是老虎的舅舅。虎年初一，看不见老虎，看见虎的长辈也是福气。陆放翁有一首《嘲畜猫》：

甚矣翻盆暴，嗟君睡得成。
但思鱼餍足，不顾鼠纵横。
欲骋衔蝉快，先怜上树轻。
朐山在何许，此族最知名。

诗自注中便有，“俗言猫为虎舅，教虎百为，唯不教上树”。虽然只是一则故事，但能看出猫和老虎确有渊源。两者都是猫科动物，要追溯猫的历史渊源，大约到2500万年前恐龙灭绝后，最早出现的猫科动物原猫，是猫的“老祖宗”。

俗话说：“狗来富，猫来贵。”猫儿多象征着吉祥如意，历代以猫入画，最为常见的是“猫蝶图”。猫咪和蝴蝶是一对小冤家，猫蝶刚好是“耄耋”谐音，“耄耋之年”是长寿的意思，“猫蝶图”有长寿吉祥的寓意。遇见猫给我增添了虎年的欢喜。

常言说，人与人之间的关系就够复杂了。一部《红楼梦》，我始终没搞清楚亲属关系，看来动物也一样，怎么也没想到猫是虎的舅舅。

写到这，收到我老领导的祝福：“虎年福年，中国福地，福福与共，大吉大利！”送给大家，虎年吉祥如意。

2022年2月1日虎年大年初一下午

品　剧

苏州昆剧院青春版精华本《牡丹亭》，沈丰英饰杜丽娘，俞玖林饰柳梦梅。

唯美的昆曲，唯美的《牡丹亭》，“不到园林怎知春色如许……”“情不知所起，一往而深”。杜丽娘因梦而死，因梦而生，因爱而死，因爱而生。在父母之命，媒妁之言的时代，临安才子汤显祖四梦之一，便是一场穿越生死自由浪漫的伟大爱情。

今晚1000多座位的天桥艺术中心，戏票全场售罄（上次江苏省昆剧院《世说新语》也是全场售罄），据说下午还加演了一场，且年轻人居多。看过北昆魏春荣、邵铮的《牡丹亭》，不敢说更好，起码不比苏昆的差，但火爆程度可差得多了，看来宣传工作太重要！

2001年，中国昆曲被世界认定为人类非物质文化遗产，这不得不提白先勇先生和他的青春版《牡丹亭》。

“良辰美景奈何天，便赏心乐事谁家院。”白先勇先生于良辰美景奈何天之际，赏心乐事于昆曲小院，致力奔走，昆曲全票通过列入世界非物质文化遗产名录，也使昆曲再度被世人认可被重视。

“凡一代有一代之文学：楚之骚，汉之赋，六代之骈文，唐之诗，宋之词，元之曲，皆所谓一代之文学，而后世莫能继焉者也”——王国维 《宋元戏曲史》。

昆曲始于明中期士大夫文人等有闲阶层的“清赏”与“雅玩”需求，由江苏昆山地区的地方戏昆山腔发展而来。

昆曲盛于明中后期，“曲圣”魏良辅创造了水磨调，使昆山腔由地方戏成为全国流行的昆曲，

昆曲成熟于明末至清初期。此期产生了中国文学史上最为出色的《牡丹亭》（汤显祖，明代）、《长生殿》（洪昇，清代）、《桃花扇》（孔尚任，清代）等作品。

乾隆年间，昆曲在扬州和北京地位大相径庭，北京市民“所好唯秦声、罗、弋，厌听吴骚”。昆曲没落于“花雅之争”“四大徽班进京”。花腔即乱弹，是弋阳腔秦腔梆子等各地方戏的合称，是最初的京剧；“四大徽班进京”是京剧发展的第一步，也是昆曲走向没落的开始。

还好还好，昆曲没有没落到消失，而是越来越多地被认可。

昆曲美轮美奂，词曲俱雅，乃百戏之祖。那么戏曲之祖，始于何家？王国维在其《宋元戏曲史》说道：巫之事

神，必用歌舞。《说文解字》：巫，祝也，女能事无形，以舞降神者也，象人两袖舞形，与工同意。没错，美轮美奂的戏曲的鼻祖，其实就是“跳大神”。

2022 年 2 月 3 日

心　流

戏剧文学是我的空白。2005年初参加巡视督导北京、天津、奥组委工作时，上海市副书记殷书记，周末带着我们参观国家大剧院，当时它还在内装修收尾阶段。她边走边感叹道：这个剧院绝对是国际级的，上海没有。到歌剧厅、舞剧厅时，她兴奋不住地给我们讲上海人看西方的歌剧舞剧热情得不得了。看得出来她也是一个文化人。我们住在东四十条，当时的北京市委招待所，是个四合院，不知换过多少主人，听说以前是北京市长吴德的家。吃过晚饭她领着我们散步去看前后的四合院，那时候还有三进院、五进院、门墩、影壁等，她总是把四合院与上海的石库门建筑对比地讲。她只看电视新闻，晚上8点以后是她关上门读书的时间，没有急事我们从不打扰，所有文稿白天开会研究定好后，晚上我会把雪荣他们写好的文稿修改好给她的秘书建军，由她转交。

四合院里，小红窗的灯光经常亮到午夜12点。我喜欢四合院，虽然我家在北京，但那时我只每周末回家拿换洗的衣服。我也是工作起来不管家的，用现在的网络语言来说就是“心流”。

现在想起来非常喜欢那半年多的工作，与一个有品位有文化的领导在一起工作，累并快乐着。

后来，国家大剧院刚建好后几年，我经常去听外国交响乐，还有歌剧。京剧也就看过三四次，在长安大剧院和老舍茶馆。

我对西方戏剧的最早接触，还是17岁时在宁夏灵武县医院工作时，内科张明理大夫借给我一本破旧的《莎士比亚选集》，金装本硬壳，线装书，紫色与米色搭配，线都开了。我还记得一些“李尔王”“哈姆雷特”“奥赛罗”等，当时我也读不懂，看了好几遍。张大夫是东北人，有天然的幽默感，有时候遇上一起值夜班，他会耐心给我讲解。

我当时并不懂莎翁的戏剧，现在也不大明白，但是后来我看人艺的话剧，大多都能看到莎士比亚的影子。

再往前想，我第一次接触戏曲大约是7岁，我陪邻居我的好友顾珍考宁夏秦腔剧团，考试的老师让我唱一段，我吓坏了往后躲，从小哥姐都说我是“左嗓子”跑调。考官老师鼓励我：你唱什么都行，唱几句就好。我壮着胆子唱了《红灯记》李铁梅的《奶奶你听我说》选段，唱完后把我手握的长辫子往后一抛，摆了一个亮相动作，擎起一只手举着“红灯”。没几天，顾珍没考上，说我被录取了。父亲坚决不同意，让我好好读书，将来上大学，他说我们家几代人没有大学生。造化弄人，我赶上了“文化大革命”，都停课闹革命了，也没好好上学。

一个人的成长离不开时代的背景，也离不开一生遇上的人，你选择与什么样的人为友，可能就会有什么样的人生。

又后来在海大，我去旁听闫广林教授的外国文学，还有唐玲玲教授的古典文学。

听闫老师讲古希腊戏剧史后，我才有了一点认识，现在还保留着笔记。世界戏剧艺术最早出现在距今约2400年前的爱琴海边的古希腊。当时剧团内除了主要演员以外，还有一支合唱队，随时评论剧中发生的事情。有趣的是，伯利克里时期，为了鼓励人们去看戏，政府甚至会给观众发放“戏剧津贴”。

最早的古希腊戏剧场十分简陋：在一片夯实的硬土地上修些台阶，再加一个木板，便是一个“剧场”。公元前4世纪，出现了一种新式剧场：它没有屋顶，呈半圆形，用石头建成，观众席呈阶梯状，且坡度较大，希腊人称其为“圆形剧场”。后来我去希腊专门去参观了古希腊露天圆形剧场。

戏剧文学可分为话剧、歌剧、诗剧、舞剧、戏曲等；按题材，可分为神话剧、历史剧、传奇剧、市民剧、社会剧、家庭剧等；最基本、使用最多的分类是悲剧、喜剧和正剧，其中悲剧出现的时间早于喜剧，而正剧也称为悲喜剧。

悲剧就是“历史的必然要求和这个要求的实际上不可能实现”。悲剧的审美价值就是“将人生的有价值的东西毁灭给人看”。

我第一次看话剧，还是20世纪90年代初。一年寒假，我来中国社科院研究生院住了一个月，准备报考杨义先生近代文学史的硕士研究生。后来因没有批准，杨先生那年没招硕士。周末去东城区王府井大街的人艺剧场看《骆驼祥子》，好像是刚上演，在这以前，我没有看过戏剧。

现在有闲了，工资也够用。我发现，看了那么多外国戏剧，对国剧和各地方戏曲的认识是个空白，于是首选了虎年的中山音乐堂《迎新春名家演唱会》，作为戏曲常识普及课，演唱会遴选曲剧、评剧、昆曲、河北梆子、京剧各几段曲目，真的是“一方水土养一方戏”。每个剧种唱腔、表演都不一样，各有特色。第一次听评剧花脸孙路阳唱，声音真是好听，一段《包公赔情》声情并茂。他唱到“嫂娘”的一句词“下对黎民百姓，上报君王……”无法报答含辛茹苦养育他的“嫂娘”时，惹得我泪水夺眶而出。包公啊，只有包公先下后上，心流为民。

仪敏不停地小声给我讲戏，她是一个戏迷，她是一个眼科护士长，她从不看电视，业余时间观赏戏剧，去健身房“撸铁”，登山，打羽毛球，她经常在朋友圈发观戏的体验和评论。她讲给我听。摘一段她写的戏评：唯美的昆曲，唯美的《牡丹亭》，“不到园林怎知春色如许？”“情不知所起，一往而深”，杜丽娘因梦而死，因梦而生，因爱而死，因爱而生，在父母之命，媒妁之言的时代，临安才子汤显祖四梦之一便是一场穿越生死自由浪漫的伟大爱情。

我的朋友大多是才情合一，有情怀的人，还各有癖好，蛮可爱的。所以人有特色社会才生龙活虎，做行政工作时，我喜欢有个性、有思想的人，你可以不同意我的意见，但你拿出解决问题的办法必须比我高。

“三人行，必有我师。”仪敏还告诉我网络语言——“心流”。我理解的心流就是心与心的交流，一首音乐，一段戏曲，一首好诗，一幅好画，一个好友，让你震憾，叩问心灵，仿佛悟道。

关于戏剧，我还需花时间边看边学边品。

2022年2月2日虎年大年初二夜于北京

一次思想深刻的对话

大年初二夜里，我放在枕边的手机一闪。我打开微信是国华教授发给我的消息，大概意思就是传统文化思想愚昧落后，没有科技文化，如四大发明有火药却没有TNT、古代没有飞机等。这些年来人们对中国传统文化的误解蛮深的，一切都是西方文化好，我感觉不对，但说不出理由。我迷迷糊糊回了几个字："请教龚先生。"

昨天，国华又兴致勃勃地把他与龚先生的对话发给我。国华就是一位不知疲惫追求事业与真理的人，当然他的有些观点我不是完全同意，但我们是30多年真心交流、肝胆相照、毫不掩饰的好友。我看后觉得很精彩，对增强我们的文化自信，对传统文化认识的拨乱反正有意义。把他们对话摘抄如下：

张岚好！我遵嘱求教了龚鹏程，他的回答令我震惊与钦佩！

我问：中国传统文化是不是存在思想蒙昧和科学精神缺失问题？

他说："不是的，没商业意识及赚钱手段而已。"

我又问：中国儒家学说教统领天下之前的商朝是否商业意识就非常领先呢？

他回答："商朝可能有，但后来不重视，有文化而无文化产业。春秋就能造飞机，但至今没波音公司。清朝已发明录音通话器，但没电话公司。宋朝发明火炮，但不像葡萄牙人四处卖炮。印度、欧洲、阿拉伯（地区）都全世界传教并做生意，中国则不传教也不主动出国行销……礼有来学，而无往教。故有朝贡，无殖民。君子之教，本来是好事、是美德，但在行夷狄之教的世界，渐渐就行不通了。现在更是犹太人之法大行，只要赚钱，只要产业，不跟你谈文化。故只忽悠人进股市，从不开放其教团教堂让你进，除非你跟他们结婚，也归化为犹太人。"

联想到读龚鹏程先生的《龚鹏程：中西论衡》中"孟德斯鸠迷惑了中国"，他改变了中国人自己对中国的认知。"像这么样一个建构在错误方法论据上的东方观，生于历史的因缘中，又因历史之因缘，成为近200年来欧洲人与中国人认识中国的基本图像，有什么道理吗？"

读完这本书，你会知道我们自己对我们的传统文化的误会有多深。

2022年2月5日

两本《四十自述》

大年初六，阳光明媚。

在海边时舒宪教授问我，龚先生写的《四十自述》没看过，你读过胡适先生的《四十自述》吗？是大家，一定要读。他是读完我的拙作《我想去远行》后问我这个问题，我在里面提到龚先生的《四十自述》。我不是学者，我知道胡适，但不甚了解。

许多年前，北大教授欧阳哲生送给我一套他编的《胡适全集》，我还没读。为走捷径，在网上买了一本，还好一天就到了。

这是胡适先生唯一一部亲手撰写的记录早年经历和心路历程的自传，也是中国现代文学传记文学的名篇佳作，笔锋带着深深的情感。他用他那特有的明亮、睿智、幽默的文化气质与自己的童年、少年与青春进行了一场心灵对话。但是先生序幕一章“我的母亲的订婚”完全是按照小说的写法，后面还有6章正文：章“九年的家乡教育”“从拜神到无神”“在上海（一）”“在上海（二）”“我怎样到外国去”“逼上梁山”。

先生自称后几章还是回到谨严历史叙述的老路上了。我感觉还是用散文随笔的写法娓娓道来，文字亲切，是对从个人成长到家国情怀以及文化变革的率真告白。

龚鹏程先生的《四十自述》作为传记文学更为成熟，他精美的文字叙述了台湾地区如何挣脱荷兰、日本的殖民文化，保留传承中国文化以及淡水河边上成长的青年人的家国情怀。他们都在写个人成长与告别，家国情怀与文化变迁。所处的时代背景不同，作品各有特色。龚先生不失为真正的文学博士，儒释道、诗书词等信手拈来。

这两位先生的《四十自述》是现代和当代我国传记文学的佳作。

2022年2月6日虎年大年初六

看　戏

昨夜一梦醒来，打开手机看哪里有戏曲可看。一查，国家大剧院从2月2日到2月6日有北京京剧院演出的剧目《穆桂英挂帅》《红鬃烈马》《四郎探母》《红娘》《龙凤呈祥》。今天是最后一天，只能看《龙凤呈祥》。其实我最想看的是《红鬃烈马》，说的是薛平贵离家18年后，自西凉归里，在武家坡遇妻王宝钏，王已不认识薛，薛假借问路试王心未果，薛追王到寒窑后叙述别后经历，夫妻相认。非常感人的“十八年寒窖”等丈夫的爱情故事。

现在赶上好日子了，特别是“国学热”，传统经典文化回归，吃中国饭，看中国戏。我不是说西方文化都不好，而是分清主次。

今晚上演是《龙凤呈祥》，是《三国演义》的一段。孙权因刘备占据荆州不还，与周瑜设美人计，假称孙妹尚香许婚刘备，诓其过江留质，以换荆州。此计被诸葛亮识破，使刘备借周瑜岳父乔玄取悦孙权之母吴氏，吴在甘露寺相亲，弄假成真，真是赔了夫人又折兵。

台上演员扮相行头华美，与看电影感受完全不同，电影是声光电，京剧演员与观众直接互动。国家大剧院小剧场座无虚席，王荣荣等名角出场，欢迎叫好声不断。京戏在文学、表演、音乐、舞台美术都有规范标准的艺术表现形式。

只是看戏也需要体力，两个半小时没有中场休息，散场了才发现颈痛腰痛，趁“年轻”多看几场。

2022年2月6日虎年大年初六

读胡适先生《四十自述》有感

今天雪停了，雪后寒。

外边的寒风刺骨，楼顶、树上的雪花被风吹散，真是应了那句老话“下雪不冷，化雪冷”。没法散步，还是在家里读书。继续读胡适先生的《四十自述》。胡适先生考取了第二次庚子赔款留学生，考生70人他的成绩是第55名，属于中下等，后来他却成为这届留美学生中最出色的学生之一。

关于文学革命的开始，胡先生“逼上梁山”一章写道：“我们当时讨论‘文学革命’的起因，我不能不想到那时清华学生监督处的一个怪人。这个人叫作钟文鳌，他是一个基督教徒，受了传教士和青年会的很大的影响。他的职务是每月寄发了各地学生应得的月费。他想利用他发支票的机会来做一点社会改革的宣传。”他将宣传传单和支票一起寄给学生，内容大致是“不满二十五岁不娶妻。废除汉字，取用字母”。

胡适先生收到传单，见上面说中国应该改用字母拼音，说欲求教育普及，非有字母不可。胡先生生气，写信去骂他：“你们这种不通汉文的人，不配谈改良中国文字的问题，必须先费几年工夫，把汉文弄通了，那时你才有资格谈汉字是不是应该废除。”

后来，胡适与赵元任商量，把“中国文字的问题”作为本年文学股的论题。胡先生说，那一年恰好美东的中国学生会成立了一个“文学科学研究部”。赵君专论“吾国文字能否采用字母制，及其进行方法”；胡适题目“如何可使吾国文言易于教授”。说赵元任先生是“国语罗马字”的主要制作人。

读到这我惊呆了，我的天哪！幸好没有把汉字给废掉，否则没有自己国家的文字，华夏文明如何传承？赵先生是语言学大家，又是“现代语言之父”，后来没废成，也没全用“罗马字”，否则哪有我们的文化历史。我惊讶！只有我们的汉字独立存在，英语没有文字独立，必须靠语言。

你说，你们在美国自由，革什么命不好，非要革自己文学、文化的命，还是从根上铲除。

在美国太无聊了，去过情人节吧，Valentine's Day。

1968年2月14日意大利人设计了第一台打字机，叫Olivetti Valentine打字机，是为了给情人写信的，听说键盘设计很讲究。人家处处在做延续文化的事，我们的电脑键盘也可以用中文的偏旁部首，好像有过这样的设计。

四大文明古国只剩下中国，主要是因为我们的文字、语言、文化没断，中国是福地。

知识分子的确能干大事，因为能出思想，但千万不要出断送文化、文明的主意。

要了解中国近现代史，文学、文化史，必须读胡适先生的书。无论他什么立场、观点，他是一个透明的人，的确是大家。从某个角度来看，他是影响中国近现代史的重要文化人物之一，虽然他的一些观点我不完全赞同，但他给了我思考的延伸，他们为什么这么选择？

2022 年 2 月 14 日，西方的情人节

这个世界很精彩

今天八九了，天气还是很冷。真是“七九河开河不开，八九雁来雁不来”。往年这个时候玉兰快开花了。

北京的天气很“讲政治”，天气也知道配合北京冬奥会，否则河开雁来，冰雪融化，冰雪赛场还要加大人工维护的成本。现在，人们干事要计算成本的，一切从简，尤其是疫情期间，全球面临着经济、就业、交流等压力。

这次北京冬奥会真的很成功。首先是安全，在全世界疫情肆虐下，面对这么多从疫情国家来的运动员、教练员等，北京以最热烈的形式欢迎。这不只是考验了我们的组织能力，也考验了我们的管理水平。

这次冬奥会有一个最受关注的个人，那就是谷爱凌，她取得了 2 块金牌、1 块银牌，的确是稀有人才。她有几个成功：中美教育的成功，中西文化结合个人运用的成功，家庭教育以及人生设计和规划的成功。她母亲培养了一个自信、勇敢、透明、坚韧、果断、睿智并具备了外交才华的年轻人。她不只是体育人才，她以文化课 1580 分的成绩考入斯坦福，非常优秀。她以自己的实力体面而漂亮地赚钱，用她的十几年努力实现“名利双收”。这就是在成就事业的同时成就自我的成功案例。她还懂得见好就收，安心回斯坦福读书。这的确也是因为她身后有一个了不起的母亲。

我们祝愿爱凌，在未来的人生旅途中玩得更加开心，智取不同职业的“金牌”，用你的智慧来更好地回馈你的祖国。

我也更期盼有更多的年轻人，包括我国港澳台同胞和世界各地的优秀华人，用你们的才能、忠诚与智慧与我们一起走向未来。国籍是可以变的，中国心不能改变，在中国不断前行的路上，留下你们奉献的脚印。

这次冬奥会，那些志愿者，他们是最可爱的：不计报酬，默默奉献。

其实外国人，不完全了解中国的文化。我们中国人更多地用“忠、孝、仁、义、礼、智、信”的优秀文化，造就自我的骨头，撑起国家的脊梁。如果孝与忠出现矛盾，他们会舍孝而为国尽忠的。这就是几千年来中国人的情怀，他们骨子里是不自私的。这不同于日本人“菊与刀”的文化，也不会像有些西方人“见利忘义”的现实主义文化和实用主义哲学。中国人在血液里讲公正、公平，常言道“你总要讲道理吧！”“不患寡而患不均”。我理解这个“不均”就是“不公”。中国人讲“义”，重义，是指道义，也是正义，也就是说我们是“道德情怀”至上的文化，所以几千年来我们崇尚“君子”，鄙视“小人”。

几千年的文化、文明深入骨髓，在生存与现实利益面前，面对两难选择时，我们或许会犹豫、矛盾、痛苦，但如果选择了金钱和利益，没选择道义，一个有良心的人会在内心不断地折磨自己，这种良心的折磨来自我们的哲学“致良知”。

所以，做一个坦荡的人，做一个有良知的人，做一个有正义感的人，做一个君子，是大多数人的选择和追求。

这次冬奥会，我们拿下9块金牌，4块银牌，2块铜牌，非常不容易。开、闭幕式节俭的同时还体现中国文化的热烈，非常正确。我们以后的国际交往，要以各种方式宣传中国的文化，我们的文化也是世界的，也是人类文明的一个重要组成部分。

这个世界不太平，用我们中国人的智慧，韬光养晦，迈着我们坚实的步伐以不变应万变。

2022年2月22日，星期二。虎年正月二十二，
听说再遇这个日子需要200年。记于深夜

六里桥的灯光

我原在六里桥工作了9年多的单位，(从市纪委委员开始，我在这个系统工作了14年）要搬迁到通州区了，单位发出邀请让我回六里桥旧的办公地叙旧，拍照留念。我这个太重感情的人，怕控制不好心情使心脏乱跳，再给大家添麻烦，所以没去。

我是2011年6月筹备北京市预防腐败局时，从市财政局调到市纪委，准备接手中纪委在全国推广北京的“廉政风险防控管理”工作。

市纪委有两座楼，南边的1号楼大约是1995年建的，新楼3号楼是2010年竣工，高大敞亮。

预防腐败局在1号楼办公，我去时还没正式成立，1号楼刚刚装修完一个星期，一个多月几乎只有我一个人在1号楼里，后来同事们陆续到位，成立了三个室。

第一任北京市预防腐败局局长是市纪委副书记张厚崑同志兼任，两个副局长分别是兰刚和我。

这样我与六里桥结下了9年的缘分。这是我职业生涯工作最长的一个地方。命运的安排，我一般都是五六年换一个单位，有的是我自己的选择，有的是组织安排。

六里桥西边的一个大门，是我工作的最后一站。

那里有我敬重的领导与我们一起在洒满阳光的食堂吃饭，我时常想起在早餐、午餐期间讨论工作，讨论文化现象，他总是睿智地开怀大笑，他的一举一动让你懂得一个有思想、有学问、有情怀、负责任、敢担当、讲真话的领导应该是什么样的人。更难得的是他自律性极高，在生活中业余时间只是读书，几乎是苦行僧般地生活。

那里有包容我坏脾气的同事，现在想起因自身修为不够，控制不好情绪，经常乱发脾气。退休后只有这点遗憾，“百年修得同船渡”，没有机会再改正自己。

那里有许多同事，起早贪黑，早上6点多钟把孩子送到学校，学校还没开门，让孩子在寒风、在雨中等待。

那里有许多同事，多少年来从没有休过年假，无法回家乡探望年迈多病的父母。

那里有许多丈夫无法照顾重病的妻子，也很少能休息周末。

六里桥的那个大院的灯光，一年四季，经常夜里亮着，不是这一层，就是那一层。

我喜欢中午吃完饭散步。大院东北角，有一个很小的小花园，有牡丹花、月季花、迎春花、核桃树、枣树、柿子树，柿子每年结得满满的，树枝都压弯了。站在金黄色的柿子树下，我都想摘一个尝尝，一定比外面的柿子香甜，但我就是舍不得，每年冬天看着小鸟去吃柿子。

散步在北边约200多米的银杏树小路，走了9年，走着走着就留在了心里。春天看着银杏树生出的春树芽，秋天洒满大地的金色黄叶。那一条不长的小路破解了我多少难题，那一条小路留下了多少战友们爽朗的笑声。只有那时才有时间与领导开玩笑。

我退休后刻意不去那条小路，不是不想念，而是想得心痛。

我的朋友知名学者叶舒宪先生问我，为什么不写点你熟悉的工作，反腐题材的文学作品？我没有回答，只是微微一笑。

那里不是简单的小人与君子、正确与错误就能完全概括的，那里是正义与邪恶的斗争，那里是人性善与恶的斗争，怎能用一个“复杂”全部解释得了。

我的笔力不够，承担不起这份责任，我怕愧对了那么一批新时代“精忠报国”的战友，写不出恶势力到底有多么地“恶”。在那里工作用“斗争”一点都不过分，为了钱和利益而生存的人，最后就没人味了。

六里桥的小路，六里桥的灯光永驻我心，照亮我心中寻道的心灵之光。

我默默地祝福我的战友们不畏艰难，在维护正义与公平的路上继续前行。

（今天看到振刚书记在六里桥摘牌仪式讲话有感）

2022 年 2 月 26 日夜

随　思

推荐好书《当儒家走进民主社会》，台湾大学哲学博士林安梧教授著，当代中国港台新儒家代表人物之一。

安梧教授用中国哲学思维，从历史的维度回答了困惑国人近百年的问题：儒家还有戏吗？

当今世界证明，如果我们用儒道释的哲学思想和文化价值观治理社会，或许就不会出现爱因斯坦所说的，第四次世界大战是用木棒和石头。

世界和平不能简单地建立在“你不让我好过，我也不让你好过”的幼稚思想基础上。

善良的人们为战争中的妇女、儿童、老人哭泣。西方文化中所宣扬的“上帝是上帝，恺撒是恺撒”就是把这个世界变成了有疯狂野心追求霸权的“政治人物”的角斗场，不断扩大领土，不惜一切追逐金钱利益，收割全世界人民的“韭菜”。这是他们的贪婪和欲望，他们终究是没有文化教养支撑的“疯子”。不愿让战争停止，想获得更大的经济、政治利益。

只有人类社会遵循和谐相处的文化模式，才可能有长久的和平环境。

2022 年 3 月 1 日

观京戏《杨七娘》

近日，看戏、听戏。看了昆曲《牡丹亭》等戏，温婉的曲调、扮相、步姿，雅得让你全身放松，如果闭上眼睛听戏即可睡觉，可治疗失眠、焦虑等疾患。通过比较，我这个地道的北方人还是喜欢京戏，接连在网上买了几场京剧票。

今晚看《杨七娘》。这场戏讲的是辽兵南侵，杨继业率杨家将抗敌血战金沙滩，寡不敌众，而宋军征辽元帅潘仁美见死不救。杜家庄富家千金杜金娥设擂台比武招婿，因为爱慕杨家将，故意败给来此地招兵的杨七郎，拒不成亲的杨七郎道出实情，杜金娥深明大义，放弃婚礼，助杨七郎救援，两人约定灭辽之时，就是他们成婚之日。

杜金娥一路艰辛来到杨府，得知杨七郎已被潘仁美所害，杜金娥不顾佘太君反对，哭七郎灵堂与杨七郎结成生死夫妻，杜金娥成了杨七娘，演得情真意切，绝唱。

宋朝皇帝惩处了奸臣潘仁美，命佘太君挂帅亲征，杨七娘请命做先锋，她武功高超，一路杀向铁牌关，收复失地，是一出保卫江山社稷的悲壮好戏。

杨家将中的老令公杨继业历史上真有此人，就是北宋名将杨业。在抗辽的冲杀中，因援兵不到，杨继业选择了撞李陵碑殉国。

今天演主角杜金娥的是北京京剧院梅兰芳京剧团的李红艳，演杨延嗣的是黄彦忠。

李红艳演得很棒，不只是唱得好，武戏也好，京剧的专业术语我也不懂，明天买本关于京剧的书普及一下常识。

我上网查了一下历史上的辽朝全盛时，其疆域东北至今库页岛，北至蒙古国中部的色楞格河、石勒喀河一带，西到阿尔泰山，南部至今天津市的海河、河北省霸州、涿州、山西省雁门关一线与北宋交界。

这几天关注乌东战争局势，没心思写了。回到那句老话，人类的历史就是一部斗争史，我们要珍惜和平年代。

2022年3月2日夜

人为何追寻诗意的生活？

语言，诗意，艺术，思想。

诗是用语言来表达我们的思想，思想支配语言，语言支配行动；诗又通过语言描述展现文学艺术的风格。

解决了温饱的人们，总是想过诗一般的艺术生活。家居、服饰总能透着主人的追求和审美。

住在城市的高楼久了，总想看看田园风光，看到成片的玉米、向日葵、油菜花，麦浪滚滚的田野，诗人会诗兴大发，画家会彩笔挥舞。

我这个既不会写诗也不会绘画的人，只会拿着手机拍、拍、拍，回家后再不停地删、删、删。

有一次拍到农民在田间地头上忙得不可开交，他们抬起头看你的眼神烦透了。农民起早贪黑，浑身晒得黑黝黝，不用去健身房撸铁，皮包着骨头还有肌肉，是体力劳动的健康之美。为生计故，他们哪里有闲工夫欣赏一望无际在风中摇曳多姿的黄色油菜花。

农民与诗人或许做的梦都不一样，“日有所思，夜有所梦”。农民梦着粮食如何丰收，诗人梦着蝴蝶，醒了也在追问，我是蝴蝶还是蝴蝶是我?

农民生活在现实中，诗人应付不了生活，闭上双眼生活在想象中创造生活。

上午读安梧先生书“儒家还有戏吗？”一章，才知道一些被误解的儒学观点，我们常说“存天理，灭人欲”，这是不对的，原本是“存天理之公，去人欲之私”，讲的是“公私”问题，而不是把饮食男女说成人欲。错得太离谱了。所以有些学者认为传统文化影响了现代化进程，是没有完全弄懂传统文化的精髓，有的人是断章取义。

本民族内都存在文化差异，何况中西文化。

林安梧先生说，西方文化与我们讲人伦孝悌的传统完全不同：我们讲“人伦”，他们讲的是“人权”；我们讲“自觉”，他们讲“自由”；我们讲“民本”，他们讲“民主”。在宗教上，我们讲“道德的反省”，他们讲“神意的臣服”。

传统儒学讲“内圣外王”，安梧先生提出“外王内圣”，这不是简单地颠倒两个字，他讲的是方法论问题，值得深入研究。

说来说去，我还是喜欢追逐诗一般的生活，或许不现实，但能活出自己喜欢的浪漫情怀，也是一种幸福。

2022 年 3 月 4 日

重访圆明园

我第一次去圆明园是1983年秋天，我在北师大昌平分校区上了半年学，周末与同学一起去了圆明园。那时还能看见西洋楼的残垣断壁，满满的爱国情怀，让我痛恨“英法联军”，一把火烧掉了世界最好的园林。

第二次去圆明园，是1999年，那时我已在中央国家机关工作，与20世纪80年代比变化不大，就是更多了些悲愤。以后每年我都去北京的西郊2—3次，去颐和园、香山，但是20多年再没去过圆明园，不愿去伤感的地方，可我始终惦念着它。前些年，经常听到有关圆明园的消息，有些专家建议复建，有些专家认为还是就这样了吧，保留残迹记住历史。

今天，天阴适合去圆明园，这也是我第三次重访圆明园了。去其他园林我都是抱着游玩的心情，唯有圆明园，我每次来都是仰望石柱，仿佛在与1860年以来的历史对话，访问历史，为什么会变成这样？被“英法联军”一把火烧了三天三夜后，历代都有人来废墟上偷建筑材料、偷木材、偷太湖石、偷方砖、偷石条、偷木钉，墙砖、屋瓦，更是不用提了。

圆明园的命运：西方强盗烧，自己人偷。废墟都留不下啊！

今天来了发现大变样了，园区扩大了许多，把住在园区里的居民迁出了，种了许多树和草坪。原来西洋楼、大水法的遗迹平了，几块断壁也变成了碎片，一点儿模样都没了。不就20多年，石柱被风雨日晒风化了吗？我们的文物保护还是有提升 空间的。

我想到意大利的罗马柱，其实是希腊人创造的。罗马圆形竞技场，建于公元72—82年，是古罗马文明的著名象征之一，位于意大利首都罗马市中心，它在威尼斯广场的南面。不幸的是它如今已成废墟；然而幸运的是，就算成了废墟，也丝毫不妨碍人们想象它当年完整时的宏伟气派与鼎盛场面。更何况它能留下来遗迹，这结果已经比那些只存在传说里而现实中已荡然无存的古代“奇迹”好多了。

今天，我再看圆明园的遗址废墟也几乎不在了，史海钩沉，难以触摸一段尘封的历史。这几十年的风雨也太厉害了，留下的更多的是悲催。完整地保存那片废墟也好，还能让我们想象到法国大作家雨果说：“即使把我国所有圣母院的全部宝物加在一起，也不能同这个规模宏大而富丽堂皇的东方博物馆媲美。”

哪怕留下西洋楼、大水法的残迹也好，当时如果保护起来，还能有博物馆的价值。没有这残垣断壁的废墟，园子再大也不像圆明园了。

悲从心来，我们的风雨阳光比罗马厉害吗？

2022年3月23日

周末对话

每逢周六中午做好一桌饭菜，等待俩小宝贝伴着爽朗的笑声回家，边吃边聊天。

我问安、康："这一周在学校有什么快乐和不快乐的事跟我说说。"

安安说："很快乐！我讲的秦始皇统一六国的七个方面：商鞅变法，六国合纵，以横破纵，昭王称霸，乱世巨贾，新王登基和统一战国。老师规定只能用五分钟，我还做了课件，全班第二名。"她上国际学校五年级，我最担心的是她对中文和中国文化的学习。

康康说："我很快乐，没有不快乐。老师教我背二十四节气。哈哈！"他读一年级。

我微笑着说"你们读什么书了？"

安安说："我读了一本英文版的《假如给我三天光明》，海伦写的。"

康康说："我会背十二属相。哈哈！"

我笑着说："你们不要天天看电视玩游戏，要多读点书。人生就是金字塔，学好知识，打好基础，一步步往上走。”

康康抢着说：“我可不想爬到塔尖，那样就没有自由了。”

我问：“为什么没有自由？”

康康：“塔尖上的人不敢随便出门，被保安看着，出门怕暗杀。”

安安说：“或者孤独终老，有啥意思。”

两个娃不约而同地说，我们就在底部，想去哪玩都行，做一个快乐的普通人。

我无语停顿一会儿才说：“谁教你们的？”

俩人异口同声地说：“电视！”

我只好说快吃红烧排骨，多吃蔬菜。

心想，女儿的教育，一家猪队友。

但是每到周六，走廊里都是他们童真的笑声。

看到他俩开怀大笑，一副胜利者的样子，我也笑了，我嘴上挤出来：“孺子不可教也。”

本来想教育他们，反而被他俩嘲弄一番。倒也心安，没有主见，没有个性，长大如何独立思考？培养他们从不听我话开始。

2022年3月26日

文化交流的重要性

（一）

我喜欢普京，一个真正的男人，他开飞机救他的老师并把他送去法国。这是拿着自己的政治前途冒险。在仕途之路和老师间，他选择了老师，对一个走仕途的人是难得的品德。

无论对爱情、婚姻、国家，他都像个男人样儿，敢于担当。

朋友常对我说起，俄罗斯在历史上侵占了多少我国的领土，我心里不舒服，但还是不迁怒于普京。

我想还是因为从少年时代开始读俄国文学作品的原因。如伟大作家托尔斯泰创作的长篇小说《安娜·卡列尼娜》，用一句话精辟地描述了家庭："幸福的家庭都是相似的，不幸的家庭各有各的不幸。"

又如《战争与和平》，"战争"与"和平"两条主线平行交叉，历史大背景是拿破仑征服欧洲后，法俄之间发生了战争。

在19世纪初，俄国经历了两次对拿破仑军队入侵的反击。那是两场正义的保家卫国的战争，俄国人民空前地团结在了一起，不分贫富贵贱，男女老幼前所未有地同仇敌忾，有力地阻击了拿破仑军队的进攻，挫败了拿破仑的征服。法国看着小，也是一个好战的民族。

托尔斯泰认为，19世纪60年代的俄国，要解决自己的社会走向问题，有必要回到这段历史当中去，因而他用了3年的时间创作出不朽的文学作品《战争与和平》。

至今，无论谁说俄罗斯怎么贫穷，我都认为他们是精神上的贵族，从文化、文学艺术上看他们并不落后。

至于为什么到今天这个地步，还是把它留给政治学、社会学和思想家们去研究吧。

（二）

还有一件让我难忘的事。2010年春天，我在北京市原崇文区工作，带了几个人去北京国际友好城市罗马尼亚的一个市访问。他们非常热情地高规格接待，安排我们参观法院、检察院、警察局、学校等。第三天晚宴后，市长用英文对我说，想邀请我们一行人参加一位著名演员也是他们市的一个议员的追思告别会。其实我听懂了，就是不知道那个演员的名字。我说英文不好，请翻译翻一下。

我的大脑拼命转，怎么办？不答应是不给他面子了，伤了和气；答应他，我的行程没有安排，再说这个演员、议员的背景我不清楚。公务员训练出来的我始终明白，我不代表我自己。

翻译说，是电影《瓦尔特保卫萨拉热窝》饰演德国军官的，中国朋友都知道。那个人是罗马尼亚的名人，是他市的议员，明早9点开追思会。他们准备好花篮。

与我同行的人，特别是年轻人一脸想去的表情，但是他们很懂规矩，等我开口。

在翻译的过程，我已想好了决定。

我说："首先表示哀悼。如果没有特殊情况，我们参加。"

出了门，回到宾馆，我让同事给我们使馆打电话。那是周末，又已经是晚上10点多了，没打通。我说现在马上给区外办请示并逐级上报，我们是否能够参加。

还好，北京正好是白天，区外办王主任很认真，不停地向上级请示。

第二天，罗马尼亚时间8点了还没消息，我告诉我的同事，再过20分钟，如果国内不回电话，你就给市长办公室打电话，就说我身体不适，不能参加追思会，深表歉意。

8点15分，区外办的王主任打给我电话说，批准了。可以参加，鼓励民间外交。

我们马上驱车前往，他们准备好了花篮。可怕的是我本来就怕这种场合，更可怕的是他们的告别方式：每个人走到棺木前，躺着的逝者心脏上有一块白布，活人把手放在白布上，嘴里默念着祈祷的话，有的人还亲一下逝者的脸颊或者手背。

我的天哪！我吓出一身冷汗，硬撑着，我问同事："我也要这么做吗？"他站在我身边说："您又不懂他们的宗教，您默站几秒就往出走。"

为了尊重，不失礼仪，我站在棺材边上默哀。

终于完成了任务，我出门腿软，瘫在车座上。事后，我的同事告诉我，那个市长很高兴，说帮他大忙了，他有很多中国朋友。当天他请了许多电视台、报社的记者。他在竞选，他想连任，他以前也是共产党员，难怪这么亲切。

事过多年，在职务晋升时，有人"写信"，说我违反外事纪律，私自参加名演员"追思会"。幸亏王主任拿出当时的审批函做证。

让每一个人讲真话、讲实话不容易，还好大多数人是有正义感的。

政治人物的酸甜苦辣，常人无法了解，为了自己的国家，有些能说，有些不能说。

加强文化交流，加深沟通是国与国之间消除隔阂的方法之一，所以我们的中国文化更应该走向世界。

2022年3月16日

丫髻山

晨起，拉开窗帘，耀眼的阳光普照大地。今天天气好，好久没出远门了，想起前两天好友说平谷区有个丫髻山，道教圣地，这唤起我的好奇心。又因近三年的新冠疫情，平谷区好像一个新冠患者也没有，牛气。用上海话说，“讨个好彩头”，上“丫髻山”。

打开百度导航，选择了丫髻山风景区 。开车从东二环上机场二高速又转上京平高速，约63公里。去平谷的路特别顺畅，这些年北京的路修得也好，“降噪路”平稳几乎没有声音。我坐在副驾驶，被窗外的阳光晒得迷迷糊糊，偶尔眯着眼，看车窗外树少，山也是光秃秃的，偶尔有些绿色松树。

驱车1个多小时，老远就看到宏伟的金黄色琉璃瓦、白色石头墙的庙宇，这座庙宇历代都有翻修，“文革”时期被彻底烧毁。今天看到的是1987年当地政府在原址上复建的。

丫髻山，为燕山余脉。丫髻山庙始建于唐初，距今已有1300余年的历史。历经辽金，兴于元明，清康熙、乾隆年间达到鼎盛，清朝4位皇帝曾来此进香。难怪我看到金黄色的琉璃瓦，老北京传统文化特别讲规矩，金黄色琉璃瓦只有皇家庙观才能用。大臣们是绿色的琉璃瓦，老百姓是灰色瓦，墙面也是灰色的。

我站在山下牌楼前，山不高，海拔360米，台阶很陡峭，我肯定爬不上去。还好有摆渡车，小金杯面包车，每人上下山各50元，车拉到庙门口，也还需要爬约100米山路，再爬约100多个石台阶，这对我这个平日三层楼都不爬的人真是不容易。爬到中间先是“药师殿”，供奉的是我国古代药圣孙思邈。门上是一副好对联，上联“日月友情常照护”，下联“江山无恙自箫闲”。我祈祷疫情快快过去，每个人都能去想去的地方。扫码、隔离都成为历史，哪怕回到不发达的从前。

终于又爬了几十个高台阶，最高顶，进去才知道供奉的是碧霞元君。

听友人说过北京“三山五顶供娘娘”，东丫髻山，西妙峰山，石景山的天泰山，分别有东西南北中五个顶。

大凡老北京人皆知昔日曾有两句老话儿：一句是“北京城——东有丫髻山，西有妙峰山”；另一句是“卢沟桥的狮子，丫髻山的碑”。

丫髻山庙古建筑群主要分三部分，即：山脚下的主体建筑紫霄宫、观音堂；山腰的主体建筑东岳庙、回香亭；山顶的主体建筑碧霞元君祠、斗姆宫、玉皇阁、钟鼓楼与两顶之间的三皇殿及山门。此外，这三部分主体建筑之间还散布有三官殿、菩萨殿、巡山殿、龙王庙、虫王庙、马王庙、药王庙、灵官庙、万寿宫、御碑亭、南天门等大小几十座建筑。

沿路登上四十八盘，抵达碑林之后，抬头就会望见一堵巨大墙壁迎面而立。原来是山顶上的两座峰岩皆用巨石包砌，灰浆勾缝，形成十余丈高陡峭而巨大的平台；远望其险峻挺拔的巨大墙体，略呈白色，十分耀眼。而建在峰顶平台上的庙宇，皆为灰墙黄瓦。东顶的玉皇阁为两层圆形建筑，内供玉皇大帝像。西顶的碧霞元君祠大殿内供碧霞元君像（俗称娘娘），大殿之后为斗姆宫。两顶之间由内供伏羲、神农、黄帝像的三皇殿相连，由此可登东顶、西顶。登顶皆须从钟楼和鼓楼之下门洞而进，宛若进入两座古堡之中，又犹如登上仙山琼阁之境。晴空艳阳下，金黄色琉璃瓦覆顶的古建筑熠熠生辉，雄伟壮观，透着一种神秘感，很像西藏的布达拉宫。俯瞰整座庙宇宫观，恍若天宫仙界，令人叹为观止，确实气势非凡。

我走进碧霞元君大殿，这里供有 6 位女神像。这里没有道士、道姑，也没有和尚、尼姑。我问看庙人，他带着河北口音给我讲解：“这里是唐代的道士云游至此建的，这个山头像女童的两个发髻，所以叫丫髻山。”我心中一震，我们一直叫“丫鬟山”，今天导航也是“丫鬟山”。我又仔细看了一下进门时的牌匾“丫髻胜境”，不禁好笑自己，唉，我们对传统文化的误解多了。我的宗教知识匮乏，心想这不是道教圣地，应该是道观吗，为什么称“庙”？寺庙应是佛教。只好有机会再请教懂传统文化的好友。

我国的庙宇道观大多建在高大险峻的高山。北京没有太高的山，这个丫髻山庙很有特色，清静优雅，古朴精致，有一种仙境的感觉，一眼望去仿佛剑峭的山壁，地势钟灵，得日月之精华。

北京就是一座古老而神奇的古城，走遍这里的山水和胡同，你才能感悟到我国深厚的文化底蕴，这些早已浸透在这山川河流之中。站在平台，远眺，我看到了华夏民族的坚韧与智慧。

2022 年 4 月 1 日（农历三月初一）夜

天台山慈善寺

北京的“三山五顶”，我已去过二山，妙峰山、丫髻山。

近几日，因北京又突发疫情，朝阳区分别封控、管控一些乡镇街道，还好市里重视，以最快的速度打了一套抗疫组合拳，真是干得漂亮！

我又犯了职业病，瞎操心，睡不着觉，连续吃了三天的“安定”。今早5点半醒来一看视频，朝阳区做完全部核酸，情况还好，幸亏管得及时。

我吃罢早饭，看着隔一条东护城河的对岸就是朝阳封控区域潘家园。市里把所有生活用品都备好了，上午封，下午就送菜上门。

我想抓紧时间出去走走。

天气有些沙尘。去看石景山区天台山慈善寺文物保管所。驱车26公里，9点半到达，一张票8元，我半票。管理员说：“我刚接到电话，因为疫情准备关门。你们进去吧。”我暗自庆幸自己幸运，再迟到10分钟就进不去了。

天台山不高，像个丘陵，慈善寺（天台寺），没有人，极为幽静。这里供奉有佛、道两教的佛神，还有民间“王三奶奶”等，特别是碧霞元君（娘娘）。据说这个庙有400多年的历史。传说顺治帝在这儿出家。

相传康熙年间，有一疯僧来到慈善寺修行，被僧众称为“魔王和尚”。他在寺内题写了一首308字的七言墨书《归山诗》：“…… 未曾生我谁是我，生我之时我是谁？长大成人方知我，合眼蒙眬又是谁？不如不来也不去！来时欢喜去时悲 ……”民间传说这个疯和尚就是顺治皇帝。

冯玉祥将军也曾在此3次隐居，现在这里有他的纪念馆（故居），山上还刻有将军墨宝“真吃苦”“勤俭为宝”。

最吸引我的还是进入山门，东面山坡的绿树丛中，一尊巨大的释迦牟尼佛头，它正居高临下俯视着世界。这尊佛头由山上露出的一块大青石雕凿而成，是京城最大的石雕佛头。此外，在罗汉崖还有17尊罗汉石刻浮雕，不知年代。

山顶上还有一个火神庙，我爬不动了，顺着木头台阶下来，已快下午1点。太阳高照，因疫情不敢在外吃饭，回来的路上经莲花东路，路中间保留了两棵古树，车子绕一下。我感叹，我们对古的东西，越来越珍惜。

爱上一座城，是因为那里的建筑、文化、历史，特别是人。北京人不要小聪明，没那么多心眼，总是那么地憨厚，那么地局气，他们能带给你很多很多的感动。

2022年4月26日中午于北京龙潭湖

文明到底是什么?

午睡醒来，我突然觉得不是什么都是越新越好，新的不能代表就是美的。例如，诗歌，现代诗怎么能超越唐诗宋词；绘画也是，谁能超越《千里江山图》等；当代书法谁能超越王羲之的《兰亭序》等；小说当代谁能超越《红楼梦》…… 许多例子举不胜举。

许多人在追求日新月异的科技进步，但科技进步不是衡量一个社会进步的唯一标准，那又如何判断一个社会的改良和进步呢?

法国女思想家薇依在她的神学著作《在期待之中》，提出改造社会有两条道路，一种是革命，当然最直接的手段是暴力革命；另一条路是宗教。

我不得其解，革命与宗教的手段都极端。人类文明进步到今天，能否有第三条道路，那就是用文化、文明来改造社会，使社会更加进步。

人类经过工业革命到今天的科技革命，应该有一个适合社会发展的人类文明，如果我们的社会生产方式改变了，也就是经济基础改变，我们的上层建筑如何适应改变的经济基础？

还是回到文学，艾略特的诗很有味道，他的《荒原》对整个西方文明提出质疑。

四月是最为残酷的月份，从混杂着
记忆和欲望的荒地
生长出丁香，又用春雨
激发着迟钝的根。

这诗的开头就耐人寻味，暗示出荒原的景象。

艾略特在《空心人》中：

我们是空心人，
我们是稻草人，
互相依靠，
头脑里塞满了稻草。唉！

艾略特认为，不是战争摧毁文明世界，而是文明自身出了问题。

文明到底是什么？

2022年4月21日下午于北京龙潭湖

今朝陌上又花开

5月花落花开，风和日丽。驱车19公里赶去运河边上的通州马驹桥湿地公园。杨柳依依，野花绚烂。只有在野趣中，人才能放松静心。

那里是一片野草野花自由生长盛开的地方，有开不败的二月兰，还有一片淡黄色的小花，我以为是野菊花，走近俯下身子定睛一看，原来是蒲公英开的小黄花。蝴蝶在树林阳光间翩跹飞舞，身旁无数朵漂亮的小黄花频频向我点头，微风拂面，好惬意。

儿时，放暑假经常提着小竹筐去田埂上挖苦菜。挖一筐回家，慈母洗净用开水烫一下，再放进凉白开水泡一会儿，用漏勺捞出沥干，用少许酱油、醋、盐、炸熟的花椒油，再加上蒜末拌匀，是苦味的香美。每次见到苦菜（蒲公英）我都有一种莫名的亲切感。我不由蹲下来用手轻轻从泥土中拔出一棵，拿在手里把玩，回味童年快乐的时光。

蒲公英小黄花开成一片也能成景，花也有灵性，开得执着，美到骨子里的淡静素雅，与世无争的岑寂。眼前一片花开真有些“陌上花开”的景象。

吴越王是重情义的男人，他给妻子的一封信中写道：“陌上花开，可缓缓归矣。”寓意为田间陌上的花开了，你可以一边赏花，一边慢慢回来；或者小路上的花儿都开了，而我可以慢慢等你回来。隐喻，春天都到了，你怎么还没有回来。

缓缓归啊，缓缓归！这样的情真意切，凡男俗女怎懂?

我国的文字语言就是这样有神奇的魅力。

走在1000多年前的运河边，当年隋炀帝开凿这条南北大运河的时候，龙船凤舟倒映流水，何等华美。运河边上的万寿宫一带，是通州商业集中的繁华之地，茶楼、酒肆、戏楼遍布，说评书、要把式、手艺之人云集。

“运河号子”不只反映了水运交通的繁华，还承载了元、明、清的音乐、语言、工艺、民俗、传说等文化信息。

历史翻过，后人记住了隋炀帝扩修京杭大运河的业绩；而吴越王（钱镠）这句“陌上花开，可缓缓归矣”也被后人传为佳话。

苏东坡作过3首《陌上花》的诗：

陌上花开蝴蝶飞，江山犹是昔人非。
遗民几度垂垂老，游女长歌缓缓归。

陌上山花无数开，路人争看翠軿来。
若为留得堂堂去，且更从教缓缓回。

生前富贵草头露，身后风流陌上花。
已作迟迟君去鲁，犹教缓缓妾还家。

苏东坡的学生晁补之又和了8首《陌上花》。

文学的大运河滋润着人们干涸的心灵。

只是平日忙于生活的人们，哪里有闲来看望一望无际的野生花草，这一束束、一丛丛自然向阳生长的花朵，坚强孤傲，随风飘洒在大地，在风雨中自然生长。

当我们让心灵静静回归自然，或许我们才能真正回归人类的历史与文化。

2022年5月3日

“爨底下村”不见了

20年前好友带我去过爨底下村，位于北京门头沟斋堂镇。据说这个村的宅院是明代山西移民建筑，当时整个建筑群保留得比较好。

昨天，我想找个没人的地方透透气。105公里的路程，山路盘旋，开车2个多小时，京城天空还阴沉，到了斋堂天空变蓝。

没有游人，这里已经没有从前的老建筑，剩下一点残墙，全变成了民宿。我以为还没到地方，问开饭馆的，人家说这里就是，全部改修成民宿了。我情不自禁地说：“可惜啦，全变味了。”

店家说：“如今，人还变味呢，房子还不变？”

我追问：“哪里还有一两间老房子？”

“你去老财主院或者村展室。”

谢过他，我又走了约50米，爬了几十个台阶，到了老财主院。这是修复后的一个小院。一只狗狗眺望远方，不知道它是在回忆过去，还是遥望未来？

唉，如果以旧修旧留下一片老院当建筑博物馆，旁边建几个民俗小院，或许还有人来住下寻找历史的记忆，再与周边的双龙峡等景区连起来游玩。

本想去爨底下村触摸一下历史，写点历史与今天的穿越，爨底没了，坏了心情去双龙峡看了两潭绿水，忙赶回来做核酸。

病毒越来越狡猾，变着花样与人斗。

人类最终能超越大自然吗?

2022 年 5 月 9 日夜

灵水举人村

今年初夏北京的天几乎都是阴天，最好人也全部都“阴”。这是我在北京生活25年最“凉”的一个初夏。

因为疫情只能去人少的地方，一般来说城六区流动人口多，东、西、朝、海、丰、石，今年的疫情加了个房山和顺义区。

北京原有18个区，现有16个区我跑遍了，但是并没有深入了解每个区的文化及风土人情。人有时候很怪，总是追逐遥远的梦想，放弃了眼下身边的美好。

京西，门头沟、房山区去得少，房山有疫情，前两天去门头沟区斋堂镇爨底下村有点失望，不甘心。今又开车去离爨底下村约7公里的灵水举人村，也属斋堂镇，我是看到这个村出举人慕名而来。

93公里，从南二环到西二环、莲石路、西六环，上了京拉路（109国道）。这条路都是山路，山峦叠翠，盘山公路修得非常平坦。天空越走越蓝，离天空越来越近，青山环抱着蜿蜒逶迤的山路，打开车窗我的手几乎能摸到山的脊梁。

北京门头沟的九龙山属于太行山脉。山岭两侧各有4条山脊蜿蜒而去，犹如8条巨龙相背而卧。而另一条“龙”则顺山岭而下，直伸到永定河边。山不高大宏伟，但是显得神奇，绿意盎然的九龙山静静守护着人们的平安。

灵水村，在山坳中，科举制度盛行的时代，在明清两代出了2名进士，22名举人，所以被称为“灵水举人村”。

中午，阳光灿烂，我走进举人广场，遇到一位师傅，我上前请他给我讲讲灵水村的故事。他口才很好，侃侃而谈。灵水村是两龙护金龟，环绕两条玉带河，仿佛金龟游在水上。上面的四合院是龟背上的格纹。因为保护得不好，把原来的山道破坏了。

灵水村形成于辽金时代，有四大姓，先是钱、杜，等后来明清时代从山西移民来主要是刘、谭两姓。

灵水村最早叫冷水村，永乐皇帝朱棣路过这时，突然眩晕，喝了一碗这里的泉水，说这里的灵水清凉有灵气，顺口说这是灵水村。以后人们改冷水村为灵水村。

灵水村的人自古讲文化，当时教书的先生，在周围河北、山西去“盘道”，把别的老师说败了，灵水人当老师。

哈哈！“我的天啊！灵水人这么厉害！”我惊讶道。我突然意识到，谁说我们现代中国人没有信仰？崇拜天地，崇拜祖先。我们的口头禅："我的天啊！""我的妈啊！"就像西方人常说："我的上帝！"灵水村儒道佛都拜。

我笑道："您讲得真好！"

师傅接着说："俺们村家家户户都有故事，都讲文化。"

我说："您知道这么多，是读书还是听说的？"

"听我父亲、我爷爷讲的。还多着呢！"

我心想这不就是口传历史，我国最早的诗歌总集《诗经》大多篇目就是口传。正史是史书记载，野史是民间传说，从不同的侧面去求证什么是对的。可惜现在的口传诗歌、历史传说还有连续记载吗？

因为疫情，这里所有的历史馆、大院、餐馆都关门了，否则我真想请他吃饭，吃油炸花生米、凉拌猪头肉再来一碟野菜、一盘土鸡蛋、贴饼子熬小鱼，喝一瓶二锅头，听他讲灵水的故事。

我一看手机，12点半了，急忙告别了刘师傅，向灵泉禅寺，还有1800年的古树"柏抱榆"走去。古树庄严，似乎对我诉说辽、金、元、明、清的历史与沧桑。我抬头仰望古树，转了一圈，以表我的崇敬。

灵水村依山而建，灵泉禅寺，建在山脚下，只剩下一个精致的石头庙门，寺庙平了，剩一个空旷的广场，有几排红砖房，20世纪60年代的建筑，像是当过教室，墙上有我们上小学时的黑板，又好像当过知青点，墙上有毛主席语录——“知识青年到农村去，接受贫下中农再教育很有必要”。

院子里有两棵古老的银杏树，300多年。

我喜欢灵水村，是因为这里保留着历史的痕迹，让我走近历史。

我喜欢灵水村，是当我踏上这条石头铺的古道，让我由衷地敬佩，当年这里的莘莘学子，是有怎样的信仰和坚持从大山中走出?

不得不说“科举制度”是世界教育史和官员选拔制度的创举。

车子在50公里的山路中一个弯又一个弯地前行，我似乎听到车窗外琅琅的读书声，宋代的《神童诗》:“学问勤中得，萤窗万卷书。三冬今足用，谁笑腹空虚。自小多才学，平生志气高。别人怀宝剑，我有笔如刀……莫道儒冠误，诗书不负人。达而相天下，穷则善其身。”

诗书不负人，诗书不负人啊!

2022年5月11日下午匆匆记于龙潭湖

量子纠缠

近日来，北京又一波新冠病毒变异的奥密克戎病毒来势汹汹，近10日确诊快300例，因上海1个来月传染了约53万多，大家紧张起来。北京管控及时并严格，进公园要求48小时核酸阴性证明。每天都要去龙潭湖公园的我，只好昨天中午做核酸，上午陪安安学习小提琴，下午安安要做饼干，我3点多钟溜去龙潭湖，心想做了核酸不去亏了。

今天“五一”节，蓝天白云，大家风范的槐花挂在树梢，拼命追赶着天空，根却深扎大地。龙潭湖东边被护城河隔开就是疫情相对严重的朝阳区，许多小区封控、管控，离我家的实际距离1.5公里左右，一条护城河真能隔离吗？

龙潭湖比前几天不要核酸时人少了2/3，我以前认为游这个公园的人大多是老崇文区的人，现在才知道大多是河东边穿过小桥过来的朝阳区的游人。

这个公园是20世纪50年代初改造“龙须沟”而建的。最早是明朝嘉靖年间为烧制城砖挖出的大片洼地而渐次形成的水域，今湖面约30万平方米。

17年来，无论春夏秋冬这里都留下了我的脚印，特别是近两年，一天不来我就觉得浑身不自在。

每走到东边，望见河对岸的高楼，心中就不是滋味。夏天到来，强烈的阳光、紫外线是否能杀灭病毒，让高楼里的人们重返龙潭湖，与我一起欣赏槐花的清香。

北京不敢放松，做好了“战斗”准备，从防控病毒、社会管理、医疗机构统一规定、社区服务等方面，打了一套抗疫组合拳。

小小的病毒折腾世界近3年，把人类生活打乱，几乎围着它转。观察3年，这病毒非常狡猾，仿佛有思想，变着花样变异，不停地在人类中找宿主，不停地纠缠着人类。据病毒学专家们说，人类一直就伴随着不同病毒存在，大约每隔20年就有不同的病毒出现。大家熟悉的“感冒病毒”，最初出现时死了几千万人，经过多少代的变异才会像现在这样“温柔”地与人类共处。西方人不会忘记“西班牙大流感”对他们的摧残。

病毒与人类较量、斗争就是为了寄生于人类生存，相互斗争妥协，有些强大的病毒就傍着人活了下来，但无论病毒怎么挣扎也变不成生命。病毒不停地与人类纠缠着，斗争到最后相互依存，达到某种程度的平衡。

我突然想起来物理学的量子力学的本质好像就是量子

纠缠（quantum entanglement）。

相对论和量子力学是人类物理学的两大基础理论，但是这两个理论之间存在着几乎无法调和的“矛盾”。

爱因斯坦越研究量子力学越发现量子力学的现象颠覆自己提出相对论的正确性。我想爱因斯坦无法解决自己被自己的相对论和量子力学发生了“量子纠缠”所困惑，无解，所以从科学走向神学。

人类的进步就是不断的“量子纠缠”，所以理论、真理没有绝对永恒的。

漫步在蓝天白云下，望着高高的大槐树，相互遥望，心情舒畅，人也就浪漫起来。又有了新的发现，美好的爱情或许也是“量子纠缠”，否则大千世界那么多人，为什么只有他们相互吸引，或许也是无法解释的“磁场”。

看来“量子纠缠”不只是物理学现象，也是社会学、科学，特别是哲学的问题。认识了“量子纠缠”，就掌握了科学的规律和哲学的逻辑。

人世间的人和事，到处都是“量子纠缠”，不知道是谁翻译得这么精准？

2022年5月1日（农历四月初一）于龙潭湖

对　话

周末，快乐时光。安安、康康与我共度周末，总是给我带来简单的快乐与惊喜。

上周末，康一进家门就告诉我："妈妈与姐姐谈话，姐姐哭了。"

女儿的性格很内向，很倔强，但很少发火，很少把孩子训哭。

我对安说："你妈什么时候学会了我的专业'谈话'？为什么？"我想让她轻松，安是一个聪明又敏感的孩子。

安有点不好意思地说："为了做核酸排队。天天做核酸，我起得早，一大早先去小区排队，他后来要加队，站在我后面，我不允许，让他去最后边去排队，妈妈说我了。"

我犹豫了一下，从内心讲安的做法没错，但还是说："弟弟还小，你替他排队。"

安义正词严："姥姥，这样不对！因为是亲人，1 个人排队带来 18 个人加队对吗？对后面排队的人公平吗？"

我笑着说："妈妈怎么说？"

安安说："妈妈说，你的好朋友加你这就可以，为什么弟弟不行？"

我说："我明白了，你妈的意思你遵守规则没错，但不能双重标准，你的好朋友可以加，弟弟不可以，这不是亲情的问题。"

安安说："朋友也不让加。"

我说："如果弟弟排队在前边，你来晚了加在弟弟这可以吗？"

安安坚定地说："不行！我去后面排队。"

话说到这，我被怼得无话可说。平日里安安管弟弟，带他玩，安又是一个非常有主见的孩子。

我只好说："安你做得没错，但是你在平日里要多照顾弟弟，他小，多让一些。"

安又理直气壮地说："我们是平等的，我为什么要让他？"说话的语气似乎在质疑我，孔融为什么要让梨呢？

安、康小的时候晚上睡觉我都要讲睡前故事，买了许多童话故事，还有《西游记》，成语故事，讲到《白雪公主》安安喜欢，讲到孙悟空康康高兴，笑个不停。

有一次讲到"孔融让梨"的故事，安安睁大眼睛问我："孔融为什么要让梨呢？"我说，这是中国文化的恭敬与谦让。安不服地说："应该公平竞争。"

我说好了，都是你们那个学校教的，不懂得尊老爱幼，吃饭吧。

安在国际学校上小学五年级，其实她与我讲的是秩序、公平、正义、平等，这些已经融入她的成长和生活的态度。

真的是东西两种文化教育的结果。再小的时候安、康要动手打架，我让安让弟弟，女儿说，不让。我很生气，大的应该让小的，女儿说："打不过，可以选择不打，为什么明知打不过还要硬拼？"

我着急："他是男孩子，男孩子怎么能投降？逃跑？"

女儿说："这是两码事。"

不同的教育、文化背景对生活的理解和生活方式的确有差异。

安的学校放假从来不调整周末、借周末。"五一"节只放一天，不灵活也不变通。

我想起来我在美国上学时候，我英语不好，每周去校图书馆借英文课程磁带，1盒押金5美元，我一般借4盒押金20美元。我每周去，还4盒磁带，管理员都要退回我20美元。重新办理手续，我再原封不动给他20美元押金。我用英文对他说："只是换4盒就好，不用退钱。"他摇着头，语气坚定地说："不行。"

太麻烦了，我不可思议，简单的事情非要复杂办，我情不自禁地用中文说：“傻冒！”非常不礼貌。旁边的中国台湾同学笑着对我说：“你就跟着他傻傻吧。”我俩哈哈大笑。

图书管理员睁着蓝色的大眼睛看看我们，眼神示意想让他翻译。中国台湾同学对他说：“没事，她说你很聪明。”

事后，我想这就是他们的程序和规则，可能在他们心中孔融让梨才傻呢！

人类历史的过程就是不同文化、宗教信仰，不断地冲突、交流、沟通、妥协、包容、尊重的过程。

为什么人类进入文明史后战争的伤害与残酷越发严重？回顾一战、二战都是如此。在“道”与“术”中，战争只是“术”，是解决无法调和矛盾的手段。

公平与正义或许是社会发展与稳定的重要基石。

孔子的“不患寡而患不均，不患贫而患不安”。这个“不均”，或许指不公，社会做到无论是经济还是政治都公平正义，社会就安全了。

2022年5月18日凌晨

我的父亲

我的父亲叫张文清，生于1916年。父亲是“老革命”，1935年3月10日在河北省唐山市开滦县赴各庄煤矿加入中国共产党，入党介绍人是节振国。

父亲1937年上延安抗大，先是一个地下党员，交通情报员，参加了八路军，毕业后又回到晋察冀参加抗日战争。他经常给我们讲革命战斗故事，如辽沈战役、平津战役、北京和平解放。又比如，他如何在塔山阻击战中受伤，又如何在兰州白塔山带着一个加强营强攻，攻下来只剩了十几人，他负重伤，被担架抬着，本来是要上军事法庭执行，因伤亡太大，据说是被彭德怀司令亲批“刀下留人”。父亲微笑着对我们说，“不是马家军”厉害，是因侦察连没弄清楚，日本人留下的防御工事厉害，有多少个钢筋水泥的碉堡，炸药包、炮弹怎么都炸不掉，打红眼了，他亲自带人上去炸，碉堡炸了，自己重伤，太阳穴上有一个极小的弹片。他告诉我们解放军的纪律严明，父亲身上有7处枪伤，伴随父亲一生，都是抗日战争和解放战争留下的印记。

解放兰州后，父亲的部队是19兵团，又参加了解放宁夏战斗，后到中卫县任武装部长。1975年12月父亲因病去世，永远地离开了我们。

还记得父亲讲他不吃土豆的原因。在河北白洋淀，日本鬼子扫荡，为了保护老百姓，他与战友躲在芦苇丛中40多天，不能烧火，只能吃生土豆。

从父亲身上我们看到了革命军人的精神情怀，他经常教育我们做一个正派人，讲真话的人。要积极向上学知识，严格要求自己，在生活上要俭朴。他常说“不要以为老子英雄儿好汉”，你们的路靠自己走。

父亲去世，没留下一分钱，留给我们的是一个“党费证”，还有他的一支旧钢笔、一副棕色的老花镜，翻箱底才发现他压在箱底的洗得发白的旧军装，还有5枚军功章。

父亲留给我们的精神财富是我们永远的家风，我们在父亲身上学会了，一身正气，刚正不阿，奉献祖国，坦诚做人。

父亲为信仰戎马一生，履行了自己入党和参加革命时报效祖国的铮铮誓言，父亲的家国情怀将永远在我们心中。

2022年5月20日于北京

油菜花开

今年的夏天很难见到蓝天白云，多是阴天、霾天、沙尘天。再加上新冠奥密克戎病毒对人类的侵略，人们无法正常生活，基本上是非必要不出门。

那些上班、挣钱养家糊口的人惨了，一些餐馆、店铺只好关门了。

病毒改变了我们的生活方式，人与人保持距离，人们更依赖手机、网络，习惯网上购物，实体经济就像图书和报纸、杂志一样逐渐衰退。文化的传播媒介改变，使人们与真实而亲切的生活保持距离。

待疫情后，我们不知道从心理上及生活方式上还能否回归从前。

瘟疫与战争影响着世界，打破了世界大多数人往日的平静生活。可谓世界性的天灾人祸。

我们这代人经历丰富，几十年该经历不该经历的都经历了，只是期盼不要经历战争。

在这样的天空下，更是留恋平淡的日子。

在手机上看到大兴瀛海有个千亩的油菜花，阴霾的天空下，绿色与淡黄色的油菜花给人慰藉与希望。

前些年为了看成片的油菜花跑去江西婺源后又去了“鹅湖书院”。婺源看的是，一个挂在山崖上的古村落，油菜花的淡黄色照亮了这山里的小村庄。

鹅湖书院看的是精神。东晋以来，历经唐、宋、明等朝，这里聚居过许多学者，是昔日群星璀璨的文化中心，尤其是朱熹与陆九渊的鹅湖之会，是中国儒学史上的一件影响深远的盛事。“鹅湖鹿洞寻常事，不信风流限古今。”

800年的沧桑，鹅湖风貌依旧，格局完整，原状留存。我仿佛看到了“鹅湖之会”先贤们的精神气节。

南宋淳熙二年（1175年），发生了一次历史上著名的哲学辩论会。由吕祖谦邀集，意图调和朱熹和陆九渊两派争执。鹅湖之会是中国古代思想史上的一次著名的哲学辩论会。朱、陆双方辩论的“为学之方”，表现出朱熹与陆九渊在哲学上的基本分歧点。朱熹强调“格物致知”，认为格物就是穷尽事物之理，致知就是推致其知以至其极。陆氏兄弟则从“心即理”出发，认为格物就是体认本心，主张“发明本心”。

最终经3天论战，两方观点不能统一，不欢而散，却在中国哲学史上留下光辉的一页。谁说中国没有哲学？或者说只有老子一人是哲学家？可悲！可笑！可叹！

还有第二次鹅湖之会，陈亮与辛弃疾的论辩，还有王阳明等历史上的哲学家，关于我国古代书院与哲学的经典案例很多。

中国古代的书院承载了哲学的思辨与传承，虽说没有统一思想，但美妙在此，深刻在此，成就了贤达的君子。一个时代如果少有坦诚贤达的君子，进谗言的小人就会占上风，那将是一个可怕的时代。

如果还想复兴国学，保存文化传承：一是造就与保护我们的国学大师；二是复兴古代文化书院，让它们回归中国哲学的自然状态。

君子和而不同，这是我们华夏民族的伟大气概，也是我们至今文明不灭的精神宝藏。

大兴瀛海的油菜花已开败，结了许多油菜籽，我摘了一颗打开，默念着农民可以榨油了，观赏之后还可利用。一眼望去马路西边，有许多绿色的大麦，麦子不高，麦穗看上去饱满，沉甸甸的。我很多很多年没有见过田间的麦穗和稻谷，有一种莫名的亲切，一种生命的忘我。蹲下身子用手轻轻抚摸着麦穗，麦穗的浪花，微风中飘过久违了的纯天然麦子的清香。抬头一望，田间地头没看到一个农民。

这里没有书院，这里有一个曾经是古代皇家猎苑——南海子。

历史上的南海子，曾是辽、金、元、明、清5个朝代的皇家猎苑，先后经历了辽“捺钵”、金“春水”、元“下马飞放泊”、明“南海子”、清“南苑”5个历史时期。

明朝大学士李东阳曾为南海子作诗《南囿秋风》——“秋随万马嘶空至，晓送千旂拂地来。落雁远惊云外浦，飞鹰欲下水边台。”自此，“南囿秋风”成为“燕京十景”之一。

清著名词人纳兰性德也随皇家来南海子狩猎，留下了一些诗篇。“相风微动九门开，南陌离宫万柳栽。”

漫步在这阡陌纵横的小路，田边无名小花单纯可爱，写满了“真诚”与纯洁，骄阳烧不焦，风雨吹不倒，一副悠闲得意的自在模样，“真”才是永久的生命力。

2022年5月20日中午于龙潭湖

香山樱桃沟

疫情不能出京，又不能去博物馆等室内场合，想去郊外的湿地，先开车去了离家15公里的通州金福湿地，一进去看到一片树林，没有水也未见湿地，只好开车绕去香山樱桃沟。

香山樱桃沟位于卧佛寺西北，也叫北京植物园樱桃沟，是两山所夹的溪涧，传说明代于山涧两旁遍植樱桃树，因而得名。如今地名流传下来，却未见当年成片的樱桃树。

20世纪90年代末，每到盛夏我都带着女儿，来沟里乘凉。把西瓜放在小溪冰凉--会儿再吃，解夏日的炎热。我躺在吊床上仰望天空，透明、清澈，天空中偶尔飞来几只鸟，树林的小凉风习习。女儿站在泉水叮咚作响的小溪中戏水，嘴里喊着冰凉也不愿上来。

如果去得早，能看到从山上背泉水的大爷大妈，说是锻炼完顺便背些天然无污染的泉水回家喝。

小溪间，也有人用空瓶子灌满水喝，泉水看着干净透亮，但我还是不放心，万一有人在上游洗脚怎么办？

樱桃沟除了樱桃之外，还有杏花、桃花、迎春、海棠、牡丹、芍药等花卉，依时开放，只见山花烂漫，溪水淙淙，宛若夏天的世外桃源。

每次来樱桃沟能玩上一天，各种植物花卉，大饱眼福。

这里还有石砌碉楼，说是乾隆皇帝练兵的地方。到了清朝中期，京西皇家园林（今天的“三山五园”地区）逐渐成为紫禁城外的第二个政治中心。

难怪我每每到京西的园林游玩，都感觉到一种帝王气。什么是帝王之气？我也说不清道不明。

在山林溪涧旁，还分布了鹿岩精舍、石桧书巢、五华寺遗址、元宝石、退谷亭等胜景，相传曹雪芹晚年落魄京城时，常在此地盘桓，其巨著《红楼梦》原名《石头记》，即受元宝石的启发。

了不起的曹雪芹，再难有人超越。张爱玲的小说手法，当代作家超越张爱玲也难。未来当代文学的发展会是什么样呢？当然，文学艺术本不应只有一二种模式，留世的精品还是值得崇敬。

现在的樱桃沟修建了木栈道，走起来方便舒适，但失去了往日盘旋在土路与大地的亲近感。山间小溪流水潺潺，我担心别断流了。人很少。

现代化的生活让人惊艳、舒适，一切都在机械化、数字化的控制中，好像又失去了李白、杜甫、苏轼的自在和洒脱，骑着毛驴过大漠观皓月繁星。特别是信息化后人与人的距离越来越远，手机视频代替了见面，父母在养老院里，儿女在海外，能每周打个电话就不错了。每个人像上了扣的螺丝钉，不停地转啊转。人类最终还有亲情吗？

人类奋斗的最终目标，是一个又一个飞向天空和宇宙的钢铁玩具，还是奔向星空灿烂的诗和远方。

2022 年 5 月 23 日于龙潭湖

香山如故人

香山对我来说就是一个别不了的故人，我来香山是不分季节，想了就来。香山不只是秋天浪漫如诗的红叶，春天草木的嫩芽，夏天的深绿与鲜花，冬天的白雪苍松古柏，无论什么时候来香山你都会有不同的感受与收获。

年轻时，每年爬二三次“鬼见愁”，爬到一半或者2/3时最难，与友人一起爬时便说：“爬上去奖励一个大雪糕。”气喘吁吁的我，从小不爱运动，爬500多米的香山难得很，嗓子冒烟，汗流浃背，心扑通扑通的快跳出来似的，真想坐在石头台阶一动不动。在纯牛奶白色大雪糕的激励下，数着一阶阶的石阶咬牙坚持，每爬到燕京八景之一的“西山晴雪”石碑我会精神百倍，久久注视石碑。

传说，金章宗西山观雪归来，御驾回京，忽一抬首，见正当雪后天晴，遂正龙身，举圣目，以掌管江山社稷之手，慢遮龙目远望西山。但见山峦玉列，峰岭琼联，旭日照辉，红霞映雪，青石玉琼，一派银装素裹，倍极壮丽。龙心大悦，轻启龙唇，随口说道：西山御屏江山固，积雪润泽社稷兴。群臣附会，众口吹捧。更有善鼓噪者，就将此概括为“西山积雪”在宫内外散播。

“西山积雪”就开了香山冬天雪景的先河。

初名“西山积雪”，元时改为“西山晴雪”。明时又改称“西山霁雪”。清乾隆时又恢复使用了元时名称。

现在“西山晴雪”是乾隆御笔，并题七律诗。诗中写道：“银屏重叠湛虚明，朗朗峰头对帝京。万壑晶光迎晓日，千林琼屑映朝晴。寒凝涧口泉犹冻，冷逼枝头鸟不鸣。祇有山僧颇自在，竹炉茗椀伴高清。”

京城大多古建、寺庙都有十全武功、风流倜傥的乾隆皇帝的御笔诗作。

到“鬼见愁”，我坐在地上大喘气，吃着大雪糕非常有成就感，我终于也能爬香山的“鬼见愁”。休息片刻，站在山顶俯视北京城，在山面前，不只是人渺小，城市也不宏伟。

我的经验，如果你被事业呀前途呀爱情呀纠缠想不开时，你就去登山，登高望远，一切都在脚下；如果你脑子犯糊涂，不知选择时，你就跳入江河去游泳，一口气游上1000米，上岸后，什么都明白了。

香山有说不完的故事，永安寺（今香山寺）、双清别墅、双清泉，等等。

还有安息在苍松翠柏中，戊戌维新运动的领袖，著名的政治活动家、启蒙思想家梁启超先生墓。《少年中国说》：“今日之责任，不在他人，而全在我少年。少年智则国智，少年富则国富，少年强则国强……红日初升，其道大光，河出伏流，一泻汪洋……纵有千古，横有八荒。”这气吞山河的豪言壮语如惊雷，至今依然震撼着我们的心灵。

香山如故人，一棵古树就300多年，比美国历史还长。

每看到香山，仿佛就是看到了一段历史以及历史中穿梭的人物。即使我老得走不动了，也要坐在古老的松柏树下，仰望香山，因为香山有历史文化底蕴，在我眼里是天下最美的山，是别不了的故人。

2022年5月26日下午于龙潭湖

京西古山村——韭园村

韭园村是京西古道（王平古道）的第一个古村落，有千年的历史，这里有辽、金、元的古迹。据传说这里的人们过去主要种植蔬菜，特别是韭菜为主，所以叫韭园村。

无论是地名还是人名都是时代的烙印。比如，“文革”时代地名人名都必须富有革命性。我出生时，父亲说我长得白净灵气好看，他给我取名本是兰花的兰，希望我生性能像兰花一样优雅贵气。“文革”时刚上小学一年级同学们都闹着改革命的名字，不要资产阶级的“兰”“花”等“毒草”，要起革命的名字“爱红、继红、卫东”等。所以回家哭闹着要改名，父亲坚持他那辈是两个字，我们必须是单字，抱着《新华字典》翻，还是在同音字里找，父亲选了波澜壮阔的“澜”，而我选了山岚的“岚”，父亲依了我，那时我只有7岁多。

今天看到韭园，这个地名好，有特色，顾名思义就知道是种韭菜的，成片的韭菜花多美呀。

韭园村由4个自然村落组成，即韭园村、东落坡村、西落坡村和桥耳涧村，4个小村在一个大山环抱中。千百年来，山民们既过着宁静的田园生活，又接待着来往商队的喧嚣，留下了许多历史的故事。

京西古道，交通要道，来往于山西、内蒙古的驼队、马帮就经过这里。远古风烟，筑城御边，我仿佛听到了驼队清脆的驼铃声，马帮马蹄声阵阵。很袖珍的三义庙、观音庙、龙王庙及宗教活动，使古道、西风、驼铃、瘦马等神奇故事流传在古道两侧。古民居、古庙、古碉楼等古迹留下了历史的记忆。

走在山间的古道，绿色的山离天空很近，天不那么高远，仿佛站在山头伸手可摘一朵洁白无瑕的云朵；走在古道上是那么的宁静又那么遥远。

我奔着去找马致远故居，离故居不远处有一个九龙山泉泉眼，村民在洗衣服，有位阿姨脸晒成棕红健康色，再三劝我买樱桃，向我推销樱桃一盒25元，我犹豫了一下，主要是怕酸。

她可能看出我眼睛里的犹豫，笑着说："可甜了，不酸。"

我买了一盒透亮新鲜的樱桃个头儿有点小，不像在城里买的又大又紫，显得熟透了。我拿了几颗用山泉水洗净，吃了两颗非常甜美，我边吃边说："你家的樱桃真好吃！"

阿姨走近我说："是这用泉水浇地，8月你来我家吃京白梨，还好吃，我们村里人不骗人，讲实话。"她一脸的真诚，她的朴实治愈了我莫名其妙的恐慌不安。不知什么时候我开始有不信任人的坏习惯，总是担心怕上当受骗。此时，我惭愧地伸出手捧着山泉，想让它洗净我污染的心灵。

我担心地问村民："冬天结冰了，你们喝什么？"

他们说："流在外边的结冰，这泉眼下雪时也不结冰。"

下雪天，在被雪覆盖的错落有致的群山中，顶着飞舞的雪花喝九龙山下的泉水能不出诗人吗？诗不在远方，诗就在京西这片古意盎然的大地。

我起身对她说："今年夏天8月，我一定来你家吃京白梨。"谢别了她，我看见石台阶上有位个子不高、白发苍苍的老奶奶，我凑上前问："您老高寿了？"

老奶奶说："95岁了！"

"您身体这么硬朗一定是因为喝山泉水的关系。"

老奶奶哈哈笑得十分可爱。

我又问："您老知道的故事一定很多，能给我讲讲吗？"

老奶奶说："身后的石碉楼是古代用来打仗的；东边有个'大寨'是古代圈皇帝的。"

"是圈宋代的还是明代的皇帝？"

老奶奶摇摇头："不知道。现在什么都没有了，一片田地。"

“大寨”据说是曾囚禁过徽钦二帝的监牢。北宋灭亡时，徽钦二帝被押至北京时，囚禁在法源寺内。莫非进京路上曾途经此地？不然，落坡村的名字又何而来？“落坡”应该是“落魄”的意思。我突然同情皇帝，从小半夜三更起来练字背诗，习武舞剑，找老婆也要听从安排，大多是为了联姻，内防后宫外防野心大臣篡位，最怕的是谋命夺权。皇帝也很可怜，能睡个安稳觉吗？

我也真是难为老奶奶了。我又问：“马致远故居往哪里走？（这个村标识不清楚）”

老奶奶用右手指着说：“泉水的那条左拐小道。”

谢过老奶奶，我怀着崇敬的心情来拜谒这位“元曲状元”马致远。

故居前有一面影壁墙，上写“马致远故居”，墙前是一座马致远的半身塑像，塑像前是一座小桥，流水自山上蜿蜒流过。小桥很窄，仅容一人通过，非常精致。桥栏杆上雕刻有10只小猴（现在已经不全了），灵动无比，时刻镇守小桥流水人家。影壁南侧是用于磨粮食的磨盘。

这是一座四合院，坐西朝东，四面都有三五间房，院内仅余几棵香椿树，南房旁边还有一处马厩。

马致远是元代著名戏曲家、杂剧家，被后人誉为“马神仙”，还有“曲状元”之称，与关汉卿、郑光祖、白朴并称

“元曲四大家”，作品《天净沙·秋思》被称为“秋思之祖”。

“枯藤老树昏鸦，小桥流水人家。古道西风瘦马，夕阳西下，断肠人在天涯。”细细地观察，故居门前的景物和《天净沙·秋思》的意境很相似。

马致远出名主要是在元曲方面的贡献。而马致远的另一首作品《清江引·野兴》：“西村日长人事少，一个新蝉噪。恰待葵花开，又早蜂儿闹，高枕上梦随蝶去了。”写的就是西落坡村。

马致远的散曲在元代也很著名，今有辑本《东篱乐府》。《全元散曲》说他散曲的内容比较狭窄，描写的范围不外叹世、风情、写景而已。

马致远一生漂泊20多年，中年后随着自己政治生涯的转变，他的思想从儒转为道，归隐于世。他后期创作的散曲、杂剧都展现出道家的大隐于世的思想。

天空如此地广阔，大地如此地孤单。田园中飞舞着白色或黄色的“花老道”蝴蝶，这里的蝴蝶没有南方的蝴蝶五彩斑斓，那么绚丽。

在京西山谷中的大地，我感受到了纯朴深厚的人情味，这里的水不是大海，不是江河，不是小溪，它是千年九龙山泉绵延不断的故事。

2022年5月31日于龙潭湖

漫步在湖洞水大峡谷

京城的夏日开始热了，每到中午呼吸的空气都热气腾腾，去平谷沾沾“仙气”，3年无疫情，再说山里凉快。

今天是“六·一”国际儿童节，朋友们互相发图片、儿童的歌曲祝福永葆童心。本来觉得儿童节与我们没关系，仔细想想人如果鹤发童心，老年又回到做人的初心，一个轮回，也是一种甜美。

驱车95公里，先去了平谷的金海湖，一片片绿色草坪，有人搭着帐篷。山脚下有一个蓝色的湖泊，可能是光折射的原因湖水是蓝色的，湖面上有几只小船，大热天我不想划船，哪凉快哪待着。近两年犯了“复古”病，到处寻古迹，寻梦。

今日来游平谷走进大自然，与山水交谈。查“百度”，离金海湖约7公里有一个“湖洞水”。因此处峡谷中有湖，山中有洞，溪水常流，故得名“湖洞水。”

这里的山有点浅红色，像丹霞地貌，两山夹着一道峡谷。深入峡谷，凉风习习，山峰怪异，峡谷幽险。走在网红打卡栈道，稍不注意就会碰头，这是我第一次离京城的山这么近，用手抚摸大山莫名地亲切。走到燕翅崖下，好一个夏日的清凉，伸手接住水晶幽梦般的水帘，我像孩童般接水玩，水打湿了衣服。

这里没有城市的喧嚣，只有山水的精华。

我不舍得走过燕翅崖，去寻“三娘洞”“将军洞”“鸽子洞”。

路上碰见一个姑娘，我问“三娘洞”怎么走。她很热心对我说：“往山上直走，是真的。三娘丈夫修长城几年不回家，她带着女儿、儿媳，住在这个山洞，天天喊，能听到山的对面她丈夫的回音。”真是神奇，我开始往山上爬，还好路不是很陡。

我抬头四面环顾，我们在山谷中，一定有回音，我想唱歌五音不全，还是学布谷鸟叫吧，回音声很大，还好没什么人。

终于到了“三娘洞”，在维修，不能上去。唉，不看也罢了，又一个云南的“望夫石”吧。我国妇女对爱情的执着让人敬佩。

中午，太阳直射，阳光照耀着树木与小溪，好灿烂的正午，景色宜人，光明大方。

我也没力气再往前寻“将军洞”，据说是抗日战争时期有一位将军在此疗伤。

我还是回到有大山遮凉的栈道，山崖下小河流水，浅红色石头的山使古栈道散发出一种古典韵味，这里一派恬适宁静，山坡沉浸在风景之中。

天空中几只大雁越飞越高，它们从不迷失方向，或许是山脉充当了鸟的标识。

大自然慷慨地奉献了光明，辉煌灿烂，阔绰大方。梭罗说过，“大自然蕴含着绝对的自由和纯粹的野性，它与纯人文意义的自由和文化迥然相异”。

懂得漫步树林、山川、河流、山岗、原野的人，也就懂得了如何漫步人生。

人类从事的事务，在大自然的整个画面中所居位置微不足道，在山水面前我欣然释怀。山谷中清新的空气会滋养心性，让人灵感奔涌。我们的思想会像天空那样清澈鲜活，精神的天空更加高远。

维系人类的补给是树皮、丛林与荒野，回归文学的野性，也就是回归文学的自然。

野性是生命的元素，极致的野性意味着无穷的生机。

峡谷漫步让我明白，无论是人还是文学，只有回归自然才有更多的生机和希望。

2022年6月1日国际儿童节

西堤散步

走了几个京郊的古村落，都在门头沟区，再查找古镇，大多都在河北、山西与北京交界。

自从看到上海隔离的视频，我特别珍惜生活，我变温柔了许多，不犯急，更加懂得珍惜出门的自由，天天祈祷我们这个楼，小区，附近的小区千万不能有阳人，或者密接，否则大家都别出门。这才是“一荣俱荣，一损俱损”的意义。

还好经大家奋战 1 个多月，北京这波疫情终于控制住了。我感觉这是 2 年多来北京抗疫最难的一次，不容易呀！但愿也是最后一次。人们“扫码”下可以正常生活了。

今天阴天，凉爽。去哪呢？想看的古迹不多，前几天跑去“三家店村”“琉璃村”，没古迹，像一个城乡接合部。

北京的古村落大多在门头沟和房山区，但因疫情房山也不敢去。在家待着无聊，龙潭湖继续关门，只好舍近求远。我问老伴：“你是满族人，你知道哪里有满族人的古村落什么的？”

他一脸无奈地摇摇头。

我说："好吧，去你们满族太后大园子溜达。"

我们只好去"颐和园"走大圈去，从西门进去直奔"西堤"。据说是乾隆皇帝下江南回京思念苏杭的潺潺流水，仿苏堤在颐和园建造"西堤"。乾隆皇帝文治武功，诗词歌赋，审美也是一流。如果说昆明湖北岸万寿山的佛香阁是宏伟的皇家气派，那么西堤就是小桥流水人家的百姓趣味。一道西堤，不出夏宫便可体验平民百姓的生活。

西堤需要慢慢品味，春花、夏柳、秋荷、冬枝，湖光、山色、塔影、桥韵。漫步在西堤，天空透明，远看，青色的玉泉山山岚接着天边，玉峰塔别有一番景致。近看，西堤的湖畔小荷翻尖，野鸭玩游、鸳鸯戏水。山水相依，湖水微澜拍岸，就连堤边的树也学杭州西湖"苏堤"，一株杨柳一株桃，桥也是6座。

就是仿造也一点儿都不生硬，颐和园把皇家宫殿融入大自然，成为避暑胜地。难怪乾隆撰写的《十全记》，记述一生的"十全武功"，后人称他"十全老人"。

我是比较喜欢乾隆的才气。

漫步西堤，阴天凉爽，我回头问身后的老伴，让他讲讲满族习俗。他说，满族人讲礼数。又给我用老北京调背了一首他奶奶教的儿歌："罗锅桥，登登高，乾隆爷打围让我去垫道。扛着锄头，带着铁锹，到了地方我使劲地刨，一刨刨出个银元宝，还有猫儿眼，大金条，你说我运气好不好。”

哈哈！我笑个不停，只要有人说话，讲什么都好。

2022 年 6 月 7 日

机关家属院

机关家属院，是20世纪90年代末中直机关为职工建的住宅小区，按级别标准分配。

这是“改革开放”的红利，经济刚开始好些，国家就想着改善群众生活。本着先“雪中送炭”的原则，先建了建筑面积分别是70、80、90、100平方米的高层塔楼。这个小区约有10栋塔楼，有大平台花园，有地下二层停车场，凡是有空白的地面，都种上花草树木还有竹子。20多年了，一点不落后。

大家称1999年福利分房，大约1480元1平方米，20世纪90年代末一个家庭能拿出十来万元钱的人不多。

当我又回到此地，邻居大多都变了，不断地调整改善住房，老人都调整到140平方米至170平方米的房子，参加工作不久的年轻人住进来，或有的让父母住。但是相对还是安静，与社会的大杂楼里的人还是不一样。每家大门装一个纱门，到了夏天开着大门，家里说话声、做饭的味道满走廊，谁家做红烧肉或者熬中药的味道，都能闻到。

一进门我开始收拾多年不住的两室一厅的小屋，厨房约有3平方米，一个人都要小心转身。

我拿了2块抹布，开始擦窗子，打开窗子，尘土掉下来，窗缝里的黑色细土，手无法进去，只好拿纱布块卷成细条塞进去，把尘土沾出来，玻璃也只能擦擦里面，不敢像前些年骑在窗台上，手伸在外面擦。玻璃外面的雨迹，可能要用玻璃水擦，等疫情后请人来擦吧，日子先凑合着过吧。

中午吃了一大碗炸酱面，有黄瓜丝、绿豆芽当菜码，好久不吃，特别香。

傍晚，打开电视没有什么好看的电视剧，于是关上电视，捧着笔记本电脑，开始搜网络电视剧，突然眼前一亮，被穿旗袍的女人图片吸引，打开一看还是免费观看，是秦岚主演的电视剧《传家》。一口气看到夜里3点，故事点讲的是20世纪二三十年代上海工商人士易家一家人的家国情怀，抗日救亡，儿女情长，满满的正能量，生动真实再现20世纪二三十年代的上海，是演员秦岚实力展现，而我更喜欢她们的旗袍。

2天1夜，一口气看了33集网络电视剧，小心脏受不了，提出抗议，心动过速。刚好没的看了，过2天才更新，共45集，只好暂停。好的文艺作品真的是鼓舞人，并让人享受精神的愉悦与美感。

来了3天，前两天闷热阴天，可能闷雨。昨天傍晚，伴着雷声雨来了，雨落在丁香、海棠、银杏树、绿竹、灌木丛，清脆的雨声错落有致，风姑娘仿佛穿着纱裙飘飘而来，我舍不得把窗户全关上，还好雨不大，风优雅地进屋，送来了夏日的清凉。白天我还发愁十多年没用过的空调没有清洗，无法用，全凭这几扇窗户通风，再闷热下去怎么办？

今早起来，小鸟声一片，藏在树里，每次回到这里心特别宁静。只有中午和傍晚，孩子们在大平台上玩，有玩滑板的，跳绳的，拍球的，骑自行车的，有点吵闹。我还是同情他们，在家上完网课，下楼玩会儿，给他们放开玩的地方太小了。

人很怪，住了小房子再去大房子很快乐，从大房子搬进小房子很别扭，不适应。

打开手机视频，看到马云在谈数字化时代，讲得有一定道理，但有点绝对化了。如果传统实体店没有了，还能有逛商场的快乐吗？如果图书馆、博物馆都没了，还能有阅读的快乐吗？看不见真品在网上观赏古董或艺术品，还能有身临其境的感受吗？

我突然觉得假如有一天，我们完全活在数据中，这有点可怕，精神、灵魂丢了，人的交流隔着电波，再造出人工智能人，电波、光、数据交流，人变成有肉体存在的机器人，人的精神家园在哪里？

2022年6月12日下午

故园无此声

昨天北京下了冰雹，有的区冰雹像鸡蛋那么大。没想到闷热了几天，盼雨却来了冰雹，下鸡蛋大的冰雹也是少见。

现在才体会到什么是生活质量高，就是有闲，读书、听音乐，赏歌、观剧，做自己喜欢的运动。

几天没出门了，早上起来，查找附近有什么可游玩的地方。查到，海淀区上庄镇有一个“纳兰性德纪念馆”。我喜欢的词人是清代著名词人纳兰性德，纳兰性德的词以“真”取胜，凄凉婉约，难怪王国维说：“北宋以来，一人而已。”

我喜欢纳兰性德的诗词，觉得隐约可见李商隐的味道。他最富有哲思的诗：《木兰花·拟古决绝词柬友》：

人生若只如初见，何事秋风悲画扇。

等闲变却故人心，却道故人心易变。

骊山语罢清宵半，泪雨霖铃终不怨。

何如薄幸锦衣郎，比翼连枝当日愿。

“骊山”用上了唐明皇与杨玉环的爱情典故，也化用李商隐写《马嵬》的诗。

车子行驶在昆玉河大道，河边的绿柳摇曳，北京的路修得世界一流，路上几乎不见车也不见人。我在想，外城的外城，怎么会有纳兰性德的纪念馆？又查，纳兰性德的父亲是清大臣纳兰明珠，纳兰性德儿时，他父亲只是一个侍卫，在京郊纳兰家族留下一处名园巨宅。后东岳庙变成纳兰家祠堂，成为家庙。

京城五朝古都，不小心踩到一块石砖就有上百年的历史，随便去皇家的园林，抬头就撞上几百年的参天大树。但是像纳兰性德这样留世348首经典诗词，《饮水词》集，在我国文学史上占有一定地位的人不多，他的诗词大多写爱情，也写交友之道，做人真诚，有哲思也有生活，文采更是斐然。

纳兰性德，用情做人，用情恋爱，用情写诗，用情至深，所以英年早逝，只活了31岁。

很快，我们到达了目的地。我打开手机准备扫码。

保安问我，“你们干什么？”

我说：“参观纳兰性德纪念馆，不开吗？”

保安笑道：“早改成养老院了！”

我一脸惊讶，望着黄色琉璃瓦屋顶。

听到保安指责一个约70来岁的妇女：“你前两天举报我不戴口罩，你今天为什么不戴？回去戴口罩！”

老妇尴尬地站在围栏边笑。

我有点失望，打开百度查找，附近还有什么好看的，发现了8公里外的“稻香湖公园”。

到了稻香湖公园，只是扫码、测温，不收门票。湖面很大，湖边修木栈道，可以搭帐篷，一次收费50元。

我兴奋万分，北京要什么有什么，还有这么美的“江南湖畔”，真有点像杭州的西溪湿地。跑去吊桥远望，烟雨朦胧，天空中飞来一行大雁，还有各种我叫不上名的水鸟。白鹭、黄鹂、斑鸠争相发出悦耳的叫声，两岸灌木、芦苇青翠茂密。

我走向露台，有一位看上去年龄与我相仿的上海女人，她自带茶桌、小椅子、茶具、茶壶，泡茶，她热情地请我与她一起品茶，并告诉我，她车里还自带帐篷、遮阳伞。我很佩服，心想还有比我会玩、会享受生活的。铁观音茶香扑鼻而来，因我不能喝茶，又因疫情不敢与陌生人太近，只好谢绝了人家的好意。我走开5米外练了一会儿站立瑜伽，半年没练，腿抖。

还是不舍，我又去铁吊桥看山水，三山围绕下的一湖，一幅优雅的山水画卷，想起南唐后主李煜的诗《长相思·一

重山》:

一重山，两重山。

山远天高烟水寒，相思枫叶丹。

菊花开，菊花残。

塞雁高飞人未还，一帘风月闲。

这首词体现了李后主复杂的情感。据说后人没人敢模仿，唯有纳兰性德。

纳兰最绵长的思乡词:《长相思·山一程》:

山一程，水一程，

身向榆关那畔行，

夜深千帐灯。

风一更，雪一更，

聒碎乡心梦不成，

故园无此声。

乡愁是我们共同的情感，纳兰性德也不例外。

纳兰性德随康熙在塞外，当风一更，雪一更时，思乡的情绪更加浓烈了。

翻来覆去的纳兰性德怎么也睡不着，望着塞外的风雪扰得思乡的将士们无法入睡，纳兰十分思念温暖宁静的故乡。

看着千军万马翻山越岭，看黄沙荒草，听孤雁唳鸣，纳兰性德写下这首脍炙人口的《长相思》，一山一水，一风一雪，写出了纳兰的情怀。

看着青山绿水，我在想假如历史没有诗人，没有哲人，哪有远方？

2022年6月13日下午

一念三千义

打开尘封的书柜，仿佛走进尘封的岁月。

1993 年我读南大在职中国哲学史研究生时，研究方向是“新儒家”。我们当时正处于传统文化复兴初始状态，经历“文革”的一批人，加上百年来受各种文化的碰撞和影响，很难冷静理性回到中国传统文化的原始状态，研究我们自己的文化，拜托中国台湾的好友帮我寄书。唐君毅、徐复观、方东美等先生，他们都是“新亚书院”新儒家的代表人物。

随手打开唐君毅先生《中国哲学原论》，一眼看到“一念三千义”。唐先生说，“此一念心即是三千法之义，可先自此当前之一念心，本可为属任何界、任何世间之心，去了解”。或许这就是我国心灵哲学的一部分——“心念”。

1995 年，我去美国读硕士，放弃了我的中国哲学史硕士毕业论文答辩。这些书被封存起来，因为我的心里始终没有放弃这份深情，所以来北京时翻山跨海运来我的书，它们是这 30 年来我最好的陪伴。

遗憾的是我改变了人生轨迹，大多数书没有读过。我对人生所有的职业选择从不后悔，但年轻时候放弃了这么多好书没读，今天还真是后悔。人需要知识积累。童年、少年遇上“文革”，而青年时代没有好好读书怨不得社会环境，自己的自律不够。

感慨万千，人生就是不断遇见、选择、告别、成长。

现在的悔也找不回失去的年华，精力有限，不能在文史哲全面下功夫，只能从一个边角开始读书。

生命内在的感通，还是靠自己，他人只是影响。

人们还需要争辩务虚与务实？你不首先认识世界，又何谈改造世界。除非你无知又掌握一定的权力，可以瞎折腾。

年轻清纯透明的女孩，你如果遇上读《瓦尔登湖》的人，你就可以与他交朋友，他欣赏梭罗，不会是一般思想水准的人。

梭罗毕业于哈佛大学，知识储备良好，他能拿把斧头找一个湖边，自己搭建房子，生活2年，证明他独立能力很强。

这些话和想法只有告诉我的外孙女了，她也许还会嫌我观念太老旧。

2022年6月15日中午阴天

爱上一座城

京城的夏日，闷热阴天多，闷不住了老天下雨还加了冰雹，没见几天蓝天白云，又开始闷热。不喜欢吹空调的我，夜里睡觉也只好打开。还好今晨又稀稀拉拉地下起小雨，时停时下。下雨天会让人更加想念过去温暖的时光，唤醒你的记忆。

近日看视频介绍意大利，意大利是我最喜欢的欧洲国家之一。

我12年没有出国了，只好等退休了好好出国玩。没想到计划没有变化快，退休了，又赶上了疫情。

只好每天刷视频，看意大利的大教堂、许愿池等地，又配上我喜欢的英文老歌“往日时光”，让我回想起十几年前去意大利的金色时光。

去意大利是我选的。那时，我们可以两年出一次国，去一个友好城市，再加一个顺访的国家，好像两个国家停留不能超过12天。我们一行6人先去了罗马尼亚友好城市，后又去了意大利，先完成了公务活动，剩余的时间，我选择去大学、博物馆还有教堂。在西方看教堂就像看我国的寺庙、道观一样。西方的建筑、艺术、音乐、绘画、雕刻、宗教、文学、文化与文明都在教堂。走进大小不同的教堂是了解西方文化与文明的开始，而了解西方的“文艺复兴”从罗马开始。虽说西方文明起源于古希腊，复兴于古罗马，“文艺复兴”后复制了一个“古希腊”的罗马。

我选择意大利，是因为看过电影《罗马假日》和《泪洒佛罗伦萨》。那时也就20来岁，就因电影艺术的美，看到赫本穿着白色短袖上衣和淡蓝色的短裙，简单、清纯，在罗马西班牙广场吃了一个冰激凌，爱上一个穷记者的故事，我就下决心以后一定要去看看。

2010年春天，我们去了意大利的罗马、佛罗伦萨、米兰和威尼斯。当我走进罗马西班牙广场大为震惊，我被所有的建筑、雕塑惊呆了，关键是历经了2500年的风雨，（当时我国应该大约是东汉时期），依然如故。千年的文物保存得这般完好，证明罗马人是生命中从未停止对自己文化的敬重和热爱，他们也经历过战争与政治的风云，但从未放弃对古建筑的保护。这样的民族，建造并传承下来这里的文化艺术与文明，难道不让你肃然起敬，发自内心地喜欢这座城市和这里的人民？走在罗马大道，走进教堂五彩斑斓的玻璃窗透进了千年不变的温柔阳光，显示着公元前12世纪的光泽。

西班牙广场的大台阶是巴洛克大师贝尼尼的杰作。圣三位一体教堂居高临下地俯视着台阶上的芸芸众生。

司汤达、巴尔扎克、李斯特、勃朗宁等大文豪和艺术家们都在这一带居住过，西班牙广场台阶右边二层小楼的小木屋，是济慈和雪莱纪念馆，雪莱是英国著名的浪漫诗人、有思想的作家。

西方文明最大的特点，他们敬重自己的思想家、哲学家、作家和科学家，他们引导启迪人民，崇尚思想，崇尚文学艺术和科学。他们对先哲很少打倒和“彻底消灭”，而是后人踩着前贤的肩膀并超越他们。没有这样的胸怀，怎么能有今天的西方文明？

万神庙是意大利古罗马时代的宗教建筑，整幢建筑都用混凝土浇灌而成，当时的人们能用混凝土浇灌出如此巨大的穹顶真是一个奇迹。万神庙是古罗马建筑艺术的结晶，对西方的建筑史发展也有举足轻重的影响，文艺复兴时期无数的建筑师们曾到此取经。

特莱维喷泉别称“少女喷泉”，但它最著名的名字还是“许愿池”。据说背对着喷泉从肩上投过一枚硬币，如果能投进水中，就能梦想成真。我当时也背对喷泉，投了一枚硬币，许下今生能够重返罗马的愿望。

喷泉是15世纪修建的阿格利帕水道的水源所在地。“特莱维”是三岔路口的意思，喷泉的主雕塑为海神尼普顿。

喷泉背后是雄伟的宫殿，设计师巧妙地借景，使喷泉与宫殿雕塑融为一体，更显壮观。宫殿墙面上的浮雕讲述着喷泉的故事，传说一位少女指示了泉眼所在的位置，阿格利帕按照她的指示找到泉水，修建了水道，这就是“少女泉”名字的由来。

真理之口，是世界上最早的测谎仪。传说，如果你讲过谎话，手放进去就会拿不出来，我们排队去试。风趣的意大利人，用浪漫来教育人们要讲真话、讲实话。

罗马有4个著名大教堂，我参观了3个大教堂：圣乔万尼大教堂是罗马甚至全世界最重要的并有悠久历史的教堂，也是罗马城和全世界的首座基督教堂，比梵蒂冈圣彼得教堂的大殿还早13年。

还有圣玛利亚和圣保罗大教堂。这些教堂主要是巴洛克建筑风格，每个教堂、建筑、雕塑都有栩栩如生的故事，可惜我停留的时间太短。所以我想等退休先做好功课，读好欧洲历史，专程来罗马住上2个月，细品罗马史诗一般的生活。我喜欢意大利人的纯朴，喜欢纯朴的橄榄油、面包和葡萄酒。

今晚，再看意大利，还是老样子，没有大拆大建，没有几天一个样，3年大变样。没有高楼大厦。还是老街道、老教堂、老雕塑、老书店。始终保留着巴洛克和“文艺复兴”的历史韵味，令人神往。在作家故居旁边的咖啡店，要一小杯不加糖的意大利黑咖啡，慢慢啜品，微风拂面，耳边响起雪莱的声音。

To a Skylark（致云雀）

Hail to thee, blithe Spirit!
Bird thou never wert,
That from Heaven, or near it,
Pourest thy full heart
In profuse strains of unpremeditated art.

爱上一座城是不需要更多理由的，不过需要知识的储备和审美的能力，还有一双自己的眼睛和大脑。

窗外的小雨带给我许多惆怅，一个人开眼界很重要，如果不能行万里路，我们只好坐井观天吧。人与人之间都有取长补短之说，何况国与国，文明与文明之间需要相互了解与包容。我突然担心，再过几年太老了，走不动了。我什么时候才能重返罗马？

2022年6月22日凌晨

又补，鹏程先生看完我在朋友圈发的这篇短文后告诉我："罗马那些建筑，都是14—16世纪文艺复兴之后'复兴'的，跟中国没法比。罗马早就没了。全世界的城市也远不及我国。9世纪的长安，比同时期的拜占庭王国都城大7倍，较公元800年所建的巴格达城大6.2倍。13世纪的中国元大都，仍是世界第一大城市，面积50平方公里。梵蒂冈有只1平方公里多。"他说得很对。关键是我们保留下来多少，曾经的辉煌历史让人想往，新的复兴等待我们去实现。

雨　夜

京城的天气闷热了好些天。前天气温近40摄氏度，打开窗子，热浪扑面而来，只好昼夜开着空调，时而又断电，这样的高温天气，家家户户用电，电力一定紧张。盼雨成了大家共同的心声。

今晚也是一个普通的夜晚，我每晚是靠追剧度过的，客厅里的电视没什么好看的，只好在我的卧室装了一个小米网络电视。刚看完《传家》，讲得是20世纪二三十年代上海企业家易家的家国情怀，从一个家庭看到了一个时代的变迁。没有空洞的口号，只有骨子里的爱国与抗日救亡。前40集不错，后5集草草结束。

听说又有一个新剧也是秦岚主演，《关于唐医生的一切》，晚8点我又打开网络电视，一口气追了6集。这部电视剧是讲我国人工心脏的诞生。看到熟悉的手术室、无影灯，非常亲切，我曾在宁夏医学院附属医院的手术室工作过五六年。40多年了，现在的医疗设备的确先进，那时就有心脏“体外循环”的手术，现在可以换人工心脏，科技的进步延长了人们的生命。

一看时间，夜里1点多了，还没下雨，夜裹着寂静，大脑皮层兴奋了还是睡不着，打开手机，看到王安忆的文章《热眼看自己》。大概的意思是她的创作是“家学”，她母亲是作家茹志鹃。王安忆的巅峰之作是《长恨歌》，此作问世后，文学评论界说很像张爱玲，两位都是以上海为创作背景。王安忆自己说她们的不同是“世界观的不同”，说得太好了。还说，张爱玲是“冷眼看世界”，她是“热眼看世界”。是啊，一个是新中国成立前的文化底蕴，一个是新中国成立后成长的作家。

王安忆、张洁是我比较喜欢的当代女作家。

20世纪80年代初，宁夏准备成立一个《女作家》编辑部，当时宁夏出版社与我谈，想调我去。我当时对文学的爱好如痴如醉。当代女作家，张洁、王安忆、张抗抗、谌容等每部作品我都读。因有人提出作家不应分男女，所以筹备了1年的《女作家》就这样夭折了。

20世纪90年代初，开海峡两岸“儒家文化与现代化”学术研讨会，我认识了中国台湾的学者朋友，我开始重新学习、认识我国的传统文化，并开始阅读张爱玲及台湾当代的女作家琼瑶、三毛、张晓风、李昂等的作品。她们最大的特点：古诗词功底深厚，眼界更为开阔。如果用主义来定，她们是世界主义，让我品尝到什么是“纯文学”。写山水，写纯而又纯的爱情，当然李昂的《杀夫》也深刻揭示了人性和社会问题。如果非要用“主义”给文学评价，那么琼瑶就是爱情主义，三毛是浪漫主义，张晓风是自然主义，张爱玲是世界主义。

我想说的是，文学是多样的，同时也是一个作家与语言文字共存的方式。

当代两岸女作家能超越张爱玲很难。当然我们不能要求作家每一篇、每一部作品都是精品，张爱玲的《小团圆》就是她作品里最差的一部，也是她最后一部作品。据说是她写信给友人让烧毁的，在她孤独地去世后，友人为了纪念她，还是出版了。

张爱玲的写作，的确是模仿《红楼梦》的手法。她敏感，有洞察力，中国古典文学功底深厚，特别是她苦难的人生经历，在她的生命中留下了深深烙印。在爱情上她不幸地遇见并深深爱上了虚伪自私的胡兰成。她是一位靠自己的、纯粹追求文学的穷作家，不向任何人献媚，不靠任何男人养活自己，傲骨冷漠，晚年孤绝地客死他乡。

童年的伤害是一个人一生难以治愈的阴影。说实话，我不喜欢她的尖酸刻薄，但是我敬仰她的文学作品和才华。

张爱玲不仅冷眼看自己，她还冷眼看世界。

文学艺术是多样的，如果说鲁迅的文笔犀利如枪，他的弟弟周作人的散文随笔温润如水。

深夜，2点多，电闪雷鸣，雨哗啦啦地从天而降，我急忙起身关窗。窗外一片漆黑笼罩着整个天空，下吧，下个痛快，洗尽铅华。

2022年6月27日凌晨

雨一直在下

两个小外孙放2个半月的暑假，女儿带着他们去三亚旅游，本来约我一起去的，我一是为了省钱，二是三亚夏天太热，没去。他们1日到，昨天三亚来了台风，暴雨如注，水深到半腰，女儿来微信告诉我，他们只去了书店，就在宾馆待着。我说："安全第一，买两本书让他俩读，看雨，让安安写点中英文诗。"

女儿和安安都没理会我，我现在已经习惯了不被人理会。

我躺在床上追剧，《关于唐医生的一切》，我现在比较喜欢秦岚演戏，大气不造作，实在。平日里，工作中我更厌烦玩"花活儿"的人。看完2集，还是不过瘾。反复听了几遍歌手李双泽的歌曲《少年中国》，"我们隔着迢遥的山河，去看望祖国的土地……"深为感动，更加不能入睡。海峡有时浅浅的，有时深深的，什么乱七八糟的蓝眼睛、绿眼睛都来骚扰。又拿着遥控器找剧，没什么好看的，找古装戏，飘来飘去的。看的什么也记不清，迷迷糊糊，伴着窗外落在玻璃和窗台上的雨声进入梦乡。

夜里突然被雷雨声惊醒，又起床检查窗子是否关好，打开空调，让空气流通。

闷热了好多天，终于下雨了。下吧，好好下吧，下个痛快，人憋着难受，天憋久了也难受。

夜寂静，只有雷声、雨声、闪电声，窗外黑色的夜空闪电像一条银白色的龙，我凭窗而立，看着夜空。

凌晨5点多了，回到床上无法入眠，又看了几篇文章，雨小了我又睡了回笼觉。

早上一睁眼，8点多了，为了健康，我每天7点一定要起床，吃过早饭，8点多去龙潭中湖，傍晚去龙潭东湖，晚上一定是看电视。

今晨，天还是阴沉，我带着雨伞去了中湖。这个公园有点野生味道，少一些人工雕饰，更加自然，修了很好的跑道，雨天几乎无人，显得有些空旷。我感觉有点阴森，想起朋友对我说，你去了人迹罕见的地方害怕就想“前朱雀后玄武左青龙右白虎”给你壮胆。世界本来有阳就有阴，有正就有邪。走了一大圈，终于碰上一个人拿长焦相机拍戴胜鸟的。

终于完成晨练。

下午，午休起来，其实睡不着，只是为了直直腰。起来吃罢水果，读会儿书，智利诗人聂鲁达的自传，40多万字，害我断断续续读了好久。

窗外的雨声叫停手中的书，又下雨了，北京越来越像南方，雨下个不停。下午5点了。还去不去东湖散步，犹豫一下，为了健康还是要坚持。世界上成事的人就是比别人能多坚持最后5分钟。

放下书，在小电饭锅放了山药、南瓜、小米，等我回来山药南瓜小米粥就好了。我妈对我说过："日子过不好的女人就是不会算计。"她老人家指的是时间统筹和安排。

打着雨伞，穿上红色雨鞋去了东湖，人很少，雨不大，但下得很密。我踩着水泡，想起儿时每到下雨天就去踩水泡。又去了平日我喜欢的海棠小道，不知为什么这里的海棠树只开花不结果。湖水里的野鸭淋着雨也不飞走，公园的核桃树结满了核桃。

夏天的绿不比春天的绿差，春天是娇嫩的绿，夏天是成熟的绿，更能经得住暴风骤雨。

窗外，雨一直在下……

2022年7月3日傍晚于龙潭湖雨中

写满生活的枝与叶

连日阴雨绵绵。

读了二位女士的散文集：一本是日本的武田百合子的《日日杂记》，另一本是金满慈的《参禅日记》。

先说《日日杂记》（北京日报出版社出版）。刚看了几页，觉得太平常了，家庭主妇记日常生活，狗看星星，猫叼着鸡脖子等琐碎的生活杂记。每篇开篇都是“一天”，没有年月日，也没有华丽的辞藻堆砌。开篇“正月头三天。元旦。我起来瞧瞧外面。不见人，没有车。我又睡了”。这句话又重复一遍。

我耐着性子往下读，突来神笔“不爱自己老婆的男人，正月头三天可不好过呀”。对生活的洞察，参悟，一句话就够了。看上去平淡无奇，早餐、看电影，“电影开始后，旁边一个穿条纹西装，散发着发蜡气味的大个子男人开始不停地打哈欠，过不久，他深深地垂下头，沉入睡眠，接着大声打起了呼噜”。本来我以为说这个大男人没文化，原来是“这个人早早入睡是明智的，有眼光，看个开头就知道电影是否有趣，是一部无聊透顶的电影”。

每篇都没有标题，每篇开篇都是用“一天”，用细腻清爽的文笔，深刻的观察能力，用真实的感受写操持家务，照顾女儿，一日三餐，购物记录，花草鸟兽，当地人的言谈举止。

看似闲聊，百合子清新流畅的文笔娓娓道来，像是生活的画卷，也是一场时间或长或短的旅行。

百合子的《日日杂记》是诗、是随笔、是短小说，一字一句写满了生活的枝与叶。

《参禅日记》是美籍华人金满慈20世纪70年代随女儿定居美国，写的参禅日记，年龄约70岁。在异国他乡参禅修道来安排晚年生活，写下日常生活的点点滴滴，如她的印度女婿下班回家，经常放印度音乐，且声音很大，她在自己的房间打坐被吵得无法入静，几次都想起身劝说，还是隐忍了，怕伤了表面上维持的尊重。他回来，她改成晚上打坐几个小时，女儿全家出去旅游，她可以心无旁骛一天都打坐。“日记”也记录了邻居老太太及女儿一家，她经常把打坐修禅的心得体会写信给南怀瑾先生，南先生不厌其烦地指导，非常感人。

生活充满了诗情画意，不是空话、大话、套话，更不都是深刻思想。纯粹的生活感受，纯粹的文学艺术，就像爱情有任何的附加条件和图谋，都是对人类这一至美感情的亵渎。

看着公园路边无名小花，它们不为人知，却创造了世界优雅静美的风景。炎热的夏天品读如一缕清风拂过，天空中一轮朗月，又仿佛是在夜空里闪烁的小星星。

翻看《小窗幽记》，句句珠玑，言简精辟："人有一字不识而多诗意，一偈不参而多禅意，一勺不濡而多酒意，一石不晓而多画意，淡宕故也。"凝神片刻，不禁会意，诗意并不在字，禅意也并不在偈，正如酒意之不在酒，画意之不在石一样，那么，诗意、禅意、酒意、画意到底在哪里呢？就在我们的心中。将人生删繁就简，轻装生活，难道不是一种智慧吗？

2022年7月5日雨夜

爱情与婚姻

三伏天真的不好过。我本想带两个小外孙去新疆北疆避暑，旅行社好友花花非常专业，两天就拿出了一个让我非常满意的计划。

乌鲁木齐以北可可托海—喀纳斯—禾木—五彩滩—魔鬼城，继续往北疆西部，还去赛里木湖—伊犁—那拉提草原—巴音布鲁克，景色更丰富，更好。

今年还没出京游玩，心情愉悦，把家里的事安排好，准备远行。

都要交钱了，我又问花花再帮我确定一下新疆的防疫政策。

花花迅速回信说，现在新疆政策还在缓慢调整中，不是每个地方都能接待北京游客，个别酒店也存在“一刀切”统一不接待的情况。

关键是如果北京有 1 例我去了新疆是要被隔离的，不管哪个区。

我怎么能保证北京没有？去了再被隔离，万一新疆有 1

个，我回来再被隔离。

太麻烦了，只好放弃。

炎热的7月，天气又闷又热，中午必开空调。

午休起来，下午2点半，楼下邻居装修近半年了，现在到尾声，没有刺耳的电钻声，只是时常响起敲打的声音。

打开手机抖音，信息量很大，又有专家说新冠病毒会不停地变异下去，并与人类共存。天啊！什么事。

任何事物真是阴阳、正负两面。现代化后人们的生活品质提高，代价是这可恶的病毒搅乱全世界，人类交往必须保持距离。

科技创新什么基因、生物、医药等，3年了对新冠病毒没办法。美国总统拜登，打了两三针疫苗还是被感染了。

越想越烦，10年最好的黄金年华，只能蜗居在家，坚持非必要不出京。

又热又闷又无聊，打开网络电视，出现一部日本电影《花束般的恋爱》。好久没看日本电影，打开一看是年轻大学生谈恋爱的。演员没整容，真实纯朴，增添好感。我们有些演员整容快成妖了，莫名其妙追求演员漂亮，而不是艺术美。

《花束般的恋爱》是一部讲纯爱的电影。男女主角因错过末班车而相遇，在深夜咖啡馆聊起文学、电影和音乐，喜好竟出奇地相似，两人于是迅速坠入爱河。他们毕业后开始一边兼职工作，一边同居生活，最大的目标就是维持当下的生活，但是随着时间流逝，不想改变也得改变，5年恋情最终走向平淡和乏味，缺乏正确沟通的两人渐行渐远，两人聚少离多，最终选择分手。再次相遇各自已经有了新的恋人，对于过去的回忆两人既有怀念，也会假设种种，但其实心中已经有了答案，也已经释怀。

结尾，两个人在回忆甜蜜时光中流泪分手，再相遇，各自牵着自己的爱人，背对背挥手告别。

成为普通人真的好难。

这是一部很好的恋爱电影，艺术品质很高，值得欣赏。

爱情到底有没有保质期？这是个哲学问题，我喜欢哲学，但一生不懂哲学。婚姻就像政治一样需要相互妥协。

看完电影，下午5点半，我想起老伴外出，我自己做晚饭，进厨房想煮点儿绿豆粥。灶台上一个小电锅，旁边一张纸“粥已煮上，盖一拧就开”，还画出方向。我“扑哧”一下笑出声来。

其实，普通人的婚姻很简单：有饭吃就好。

2022年7月25日

一　天

上午从龙潭湖公园回来，快递送来我网购的林徽因女儿梁再冰口述著作《梁思成与林徽因：我的父亲母亲》。现在生活有“网购”，可以宅在家里不出门，最好的“隔离”。

我怀着对民国才女林徽因的崇敬之心，急忙打开书，梁再冰从“家学传承”“赴美留学”“开拓事业”“坚守事业”“热忱终生”5个方面叙述了她父母的爱情、婚姻、事业、品行及对儿女的教育和厚爱。

首先梁、林的婚姻是父母梁启超和林长民选定，标准的门当户对。那时梁思成17岁，林徽因14岁。后双方父母送他们赴美宾夕法尼亚大学留学。其间，林徽因父亲林长民在奉系军阀的一场战争中被流弹击中而遇难。梁启超嘱咐儿子照顾好徽因并提供了经济资助。经10年携手两人于1928年3月在加拿大渥太华举行婚礼，赴欧洲度蜜月。

1928年夏天夫妻两人学成归国，赴东北大学任教。他们在中国近代建筑史和古建筑保护上做出极大的贡献。我们的国徽、人民英雄纪念碑林徽因先生都参与了设计。在北京古城保护上梁、林二人展现了高贵的知识分子品格。

这是一本叙事准确的回忆录，有一定的史学与文献价值。少有一点缺憾，梁再冰虽从事过记者行业，但没有遗传母亲的文学天赋。

林徽因先生无论是在建筑设计，还是在诗歌、散文、绘画方面，都是一个创造美的尤物，她用美来诠释爱情、婚姻、事业和人生。

难怪浪漫诗人徐志摩爱，优秀建筑师梁思成爱，逻辑学家、哲学家金岳霖爱。关于《太太的客厅》的观点，是嫉妒，是一种吃不到葡萄就说葡萄酸的味道。

我若遇上这样的母亲会引以为傲，不会回避。

当然如何处理感情是当事人自己的事，有甜美一定伴着痛苦。

总之，林徽因就是一个才貌双全完美的女人，只不过重情的人都活不长。

下午，3点去医院找好友芳开我的常规用药。我们认识十几年了，她是一个严谨、理性、善良的大夫。

或许是天热人少，我进门喊："芳，我来开药。"她抬头微笑道："你不是回你家乡宁夏了吗？"我说，你一定是看我微信朋友圈发的诗了，我写的"梦回故乡"，你没看到

“梦”。哈哈，我俩开怀大笑。

我又遗憾地对她说，本想去新疆北疆游玩，都是疫情闹的，放弃了。

她说，她去过几次，记忆最深刻的是30年前，第一次去，坐火车，车上前边是人，后边是牛、羊。我真的第一次听说，人和牛羊一起坐火车，不禁说：“臭不臭啊？”牛羊虽可爱，但是它们拉便便啊。

她看了我一眼，接着讲。

下了火车坐上汽车，路上都是土，前面有车开过，满天的黄土，真是一片狼烟。傍晚到了一个小木屋，门口挂着一个铁框灯，在风中飘摇，透过窗户看到屋里热气腾腾，一口大铁锅，有人在拉面，就是“新疆拉条子”。我出来找卫生间没找到，只能去荒郊野地解决。天上一轮明月，远处传来阵阵狼嚎的声音。

我听傻了，一动不动，多么美的原始荒野，这才是西域的壮美。

我说，没想到你学医的，文学功底这么好。不难看出她平时也是不少读文学书籍。

与有识有趣的人交流是精神享受。

晚上，我常规是看电视。打开网络电视，看秦岚主演的《怪你过分美丽》，说的是演艺圈的事。

深夜，天闷热，像是在闷雨。只好开着空调，吹空调很不舒服。快12点了，我起身走向窗前，夜深沉，一片漆黑，远处，龙潭湖东边二环路的淡黄色灯光微闪。

我去睡觉了，夜里又被瓢泼大雨吵醒，没有电闪雷鸣，天像撕开一个大口子，直往大地倒水，又快又猛。很少见到这样下雨的态势。我急忙起身检查窗户是否关好。

又躺下，在半梦半醒中听着这石破天惊盛夏的雨入眠。

2022年7月26日夜

清　秋

我国的节气准得让人难以置信，8月7日立秋，京城立马就凉快。一夜之间，小凉风伴着细雨吹走了炎热的酷夏。

我越想越觉得我们没有古人智慧，当今世界的天体物理学研究，对宇宙的了解认知，在许多方面赶不上我国古代的认知和实践。我国的二十四节气、阴阳、五行学说及“天人合一”，用当代的科学还不能完全解释。

清秋是美丽的。有人因秋的到来，伤秋、悲秋、悯秋，因为秋天开始花落叶落，深秋时节秋风萧瑟，万物在一片悲凉中等待冬天的到来。

而我却喜欢赏秋。凉爽的秋天，瓜果飘香，不冷不热，头脑更加清醒冷静。

春，让我懂得花开叶茂，让我们看到世界万物复苏生长的惊喜；

夏，让我饱览繁花盛开，让我们经受“三伏”炎热天气考验，无法直视光彩夺目的太阳；

秋，让我冷静、理性，让我们清醒认识并享受秋的果实，准备迎接冬的到来；

冬，让我拥有透明的冰雪嘉年华，让我们经受“三九”寒天的历练，勇敢地创造更美好的春天。

四季轮回，在渐变中不变。

我喜欢清秋，目送黄叶飘落远去，远离烂人烂事，何尝不是一场自我修行与进步。

空山新雨，群芳谢尽，秋荷不染，莲子香甜。夏已去，秋更佳。“息阴无恶木，饮水必清源。”

不要怕舍弃，不要怕放下，不要怕离去，不要怕未来。万物必更新，善恶美丑，子孙自留。

安、康，无论你们在哪里，都不能忘记你们是中国人，不能忘记自己的文化之根。

2022年8月9日上午于龙潭中湖小雨中

也说《只此青绿》

年初，在抖音上看到舞剧《只此青绿》的一段舞蹈和音乐视频，非常高兴，用舞蹈诗剧把我国古代优秀传统文化搬上舞台，艰难曲折地继承和发扬。于是我就到处打听什么时候能在北京上演。几许期盼终于等到，昨晚7点我终于看到盼望已久的古装舞蹈诗剧《只此青绿》。

此剧以“诗剧”为体裁，以“展卷、问篆、唱丝、寻石、习笔、淬墨、入画”等篇章为纲目，自始至终全剧由现代故宫研究员讲述《千里江山图》的故事，采用时空交错的叙事风格，走进王希孟的内心。

首先肯定该剧是对优秀传统文化的传承与发扬。但由于我们的传统文化及音乐、艺术、舞蹈等功底不够深厚，还有许多方面值得完善。

我粗浅地认为，如果编剧开始没有这个故宫研究员就好了，非常不搭。他不出现，每一个场景都是一幅北宋人生活的画面；舞蹈太少了，几乎没有“青绿”的独舞，合舞也就那么几段；音乐虽有我国的编钟、鼓乐等，但更多是西洋乐大提琴等；旋转舞台，大多是那个“现代的研究员”，在台上走、站、摆造型多，独舞、合舞太少了。音乐更应该用我国古代的古琴、瑟、笙、竽、排箫、编钟、乐箧、壎篪、鼓等。

诗舞剧也未见诗。

如果此剧通过王希孟的《千里江山图》诠释北宋时期人们生活、艺术、文学、山川河流、人文景观等，全篇用我国的音乐及古典绘画展现，挖掘北宋时期的舞蹈动作、舞美、服装，多一些舞蹈少一些在舞台上的漫步，《只此青绿》会更加完美。

经典的作品，首先要有为艺术献身的精神，隐去自我，成就大的我们，这才是艺术的最高境界。

2022 年 8 月 15 日上午于龙潭湖

秋 思

下雨了，秋天的小雨又细又密，天雾蒙蒙的，一片朦胧，雨声连着阴沉的氤氲。

又是一番雨中的秋意！“秋”总是有秋风、秋雨、黄叶、落叶，写满了人世间一幅幅送别的画卷，秋凉也伴着秋愁而来。

我小的时候，每到秋中，跟着母亲在院子的晒衣服绳上，开始晒棉衣、棉被，至今还清晰记得棉被上散发着阳光的味道；还跟着母亲去菜市场买最便宜的茄子、豆角、土豆，回到家把茄子切成串晒在绳上，豆角切成斜丝晒在盖帘上。

秋风扫落叶时，母亲拉着一个板车，去买尽可能便宜点的大白菜。3 分钱 1 斤母亲还要讲价，有时 2 分钱，有时 2.5 分钱，买满满的一板车。母亲前面拉车，我在后边推，其实我根本没有什么力量。但是我在旁边，母亲满头大汗，汗水顺着头发往脖子上流，她却笑得那么灿烂。回到家，母亲开始制作酸菜，熬一大锅花椒水晾凉后倒入大缸，把洗干净的大白菜放入缸内，一层白菜撒一层盐粒，最后顶上压一块圆滑的石头。

还有用葡萄糖瓶子，装上西红柿，插上9号粗针头用蒸锅蒸20分钟做西红柿酱。

母亲像小鸟妈妈为孩子们储备冬天的菜。

秋天还有一个诗一般的节日，那就是“中秋节”。我记得月亮被云遮住，一会儿又出来一会儿又进去，搞不清楚是云追月还是月追云；我记得皓月当空，月光照亮云层，温婉凄美，月华如银光照亮大地。

中秋之夜，母亲还是在灯下给我们缝补衣服，她没有时间看月亮。

儿时，我总是追着月亮跑，一直仰着头看得眼睛脖子都发酸，也没看到月亮上的美丽嫦娥。低下头，看月光下自己的身影和小辫。再试着看，我跑月亮跑，我走月亮走，月亮跟着我呢。

坐在家里木头窗格前看月亮，我曾傻想过，地球围着太阳转，月亮围着地球转，如果有一天地球突然加速了超越太阳，月亮怎么办？我太喜欢月亮了，它的光芒温柔不刺眼，月光有一种神秘之美，它给天空带来无法替代的亮丽。

又快到中秋了，今夜月明人尽望，不知秋思落谁家？

2022年8月18日于龙潭湖小雨中

“士大夫”的精神情怀

“士”指我国古代的做官的人，“大夫”指有威望的读书人，“士大夫”也就是指：做官的人或有声望有独立思考能力的读书人。我国古代“文官”大多都是读书人，《周礼·考工记》云：“坐而论道，谓之王公。作而行之，谓之士大夫。”用现代话说，士大夫是职能官。

至清末，1905年9月2日，慈禧以光绪之名发布上谕明告：“著自丙午科为始，所有乡会试一律停止。各省岁科考试，亦即停止。”科举制度从此消亡，“士大夫”逐渐变成历史名词。

“士大夫”对知识、政治、文化、艺术的影响力逐渐瓦解。

知识分子（intellectual）一词来自西方。19世纪末至20世纪初，由于受西学影响，我们朦胧地把知识分子与知识阶层区别开来。大家都称有较高知识水平，有独立思考能力、专业能力并以知识作为谋生手段的人为“知识分子”。如果细分，种类很多。

我想说的是，虽然“士大夫”一词消失了，但我国

“士大夫”的精神情怀从未消亡。

纵观历史，元朝读书人地位最低。据说，元朝把人分为十等：一官二吏三僧四道五医六工七匠八娼九儒十丐。读书人只比乞丐强一点。

在“文革”的“改造”下，我国知识分子，他们有过失望、绝望、迷惘、犹豫等，但是中国的“士大夫”精神情怀从没有彻底丢失，骨子里仍追求学识。《汉书》说：“学以居位曰士。”士是靠学问居于官位的。《礼记》说士“夙夜强学以待问”，是指其刻苦学习的态度。

有德行，士大夫不仅有学问，而且立志追求“道”。“志于道者之谓士。”“朝闻道，夕死可矣。”德行高尚，是他们的重要特征，所以古人说：“言士者，有德行之称。”

有操守，操，是操持；守，是固守。操守，是指有正确的理念与德目，终身执持，牢牢固守之。士大夫有正确的人生追求与价值判断，无论面对何种艰难困苦，都能保持本真。孔子的弟子颜回过着极端贫困的生活，“一箪食，一瓢饮，在陋巷，人不堪其忧”，而他却能“不改其乐”。士能做到孟子所说的“富贵不能淫，贫贱不能移，威武不能屈”，绝不会为了物质利益而变节。

有抱负，士大夫以身许国，或发誓“不破楼兰终不还”，或豪言“驾长车，踏破贺兰山缺”，立志为天下万民奉献终身，诚如曾子所说：“士不可以不弘毅，任重而道远。仁以为己任，不亦重乎？死而后已，不亦远乎？”

有担当，士大夫有抱负，敢于牺牲，志士仁人，“无求生以害仁”，舍生取义，决不当叛徒。顾炎武说，“天下兴亡，匹夫有责”，林则徐说，“壁立千仞，无欲则刚”“苟利国家生死以，岂因祸福避趋之”等，都是掷地如金石。

不营私，“君子周而不比，小人比而不周”。君子广泛团结大众，不朋比为奸。《荀子·强国》赞美古代士大夫：“出于其门，入于公门；出于公门，归于其家，无有私事也。”士大夫在公言公，在朝言朝，出了家门入公门，出了公门回家门，绝不到处串门，拉关系。小人结党营私，搞人身依附关系。

1978年，改革开放的春天，“尊重知识，尊重人才”成为社会共识。改革开放的社会环境，给知识分子提供了展示才华的舞台，提高了知识分子的政治、经济地位。知识分子用他们的真才实学回馈社会，促进社会进步，改革成功。

让我百思不得其解的是腐败的金额越来越大，从最初的几千块到几万块再到几十万块，又到几百万元、几千万元，又到几个亿、十几个亿，最近听说还有上百亿元的。

贪腐的金额越来越大值得深刻思考，主观上人为什么这么贪心？客观上我们在制度设计和监管监督上还有什么漏洞？

在社会快速变革过程中，有些人开始心里失衡，把“一切向前看”变成“一切向钱看”。这些年腐败分子有许多是大学本科以上学历，受教育程度不低。把“君子爱财取之有道”的基本原则丢失，不靠才华、勤奋、劳动去获取回报。

让人深思的是他们为什么丢失了信仰和传统“士大夫”的精神情怀？在制度设计上还应该完善什么？有效监管和监督上还应如何加强？

优秀传统文化是我们生命之根，人如果坏得没样，太变态了，是不是就丢失了“文化之根”？

2022年8月23日

仓央嘉措

我曾经拜读过雪莱、拜伦、泰戈尔、普希金、徐志摩等人的诗作，但从未有过读仓央嘉措《那一天》的那种震撼，深情感动。全诗没有一个“爱”字，那一天，那一月，那一年，那一世，我生命中满满是你，在信仰与爱情之间他选择了不可能，凄美的爱情。

仓央嘉措《那一天》是现代诗中最美、最深刻的爱情诗篇。

那一天，我闭目在经殿香雾中，蓦然听见你颂经中的真言；

那一月，我摇动所有的转经筒，不为超度，只为触摸你的指尖；

那一年，我磕长头匍匐在山路，不为觐见，只为贴着你的温暖；

那一世，我转山转水转佛塔，不为修来世，只为途中与你相见；

那一夜，我听了一宿梵唱，不为参悟，只为寻你的一丝气息；

那一月，我转过所有经筒，不为超度，只为触摸你的指尖；

那一年，我磕长头拥抱尘埃，不为朝佛，只为贴着你的温暖；

那一世，我翻遍十万大山，不为修来世，只为路中能与你相见；

那一瞬，我飞升成仙，不为长生，只为佑你喜乐平安；

只是，在那一夜，我忘了所有，抛弃了信仰，舍弃了轮回；

只为，那曾在佛前哭泣的玫瑰，早已失去旧日的光泽。

我不敢相信这是六世达赖喇嘛、一位尊贵的格鲁派大活佛写的情诗。

仓央嘉措，从小受父母影响，都笃信“宁玛派”（全称“旧译密咒派”，是“古、旧”之义，是藏传佛教最古老的一个教派，以红色僧帽为标志，故又称“红教”），宁玛派的僧人可以恋爱结婚，不认为爱情与信仰有冲突，而格鲁派主张禁欲。

他必定是在宁玛派文化氛围中长大。仓央嘉措15岁才坐床，年龄比较大，世界观、人生观已形成。

仓央嘉措生不逢时，导致他悲情命运的人，就是桑结加措。五世达赖阿旺罗桑结嘉措去世后匿丧，并被隐瞒了15年。桑结嘉措不想交回权力，即使在康熙帝支持仓央嘉措坐床之后，他依然不交出权力。他让一位颇有才华的宗教领袖坐冷板凳，成为他的傀儡。

仓央嘉措来自藏南的山野，向往自由和纯真的爱情。他不在乎什么身份地位，扮作俗人在拉萨夜晚游玩，喝青稞酒，谈情说爱。当然，他并没有仅仅沉溺于情爱。

他是一位政治人物，更是一位富有才华的诗人，他的诗与《格萨尔王传》一样，在雪域西藏成为不朽的传说。

也有人说仓央嘉措的诗是宗教的道诗。是情诗还是道诗，现在都不重要，重要的是人与人的相遇是美好的邂逅，否则人生只不过是苍白的过场。

可惜的是仓央嘉措23岁就结束了自己的青春年华，是葬于青海湖，还是逃命内蒙古，不得而知。是爱情还是宗教内争权夺位，伤害了年轻、单纯、才华出众的六世活佛？

我仿佛听到，远方雪山传来仓央嘉措的声音。

我问佛：今年是否还会落雪？

佛言：把眼光放远，今冬的错过才会期待明年。

2022年8月12日（七月十五中元节）

岁月催人老，捐书以为诗

书，伴随着我一生，但是我读过和读懂的甚少。

20世纪70年代初，我上小学四年级，班里同学传借“三花”看，《迎春花》《朝阳花》《苦菜花》，还有高玉宝《半夜鸡叫》。那时赶上“文革”，不只是物质匮乏，思想精神更是贫瘠。

20世纪70年代末，我刚工作，每月工资18元钱，在单位食堂吃饭，中午1碗米饭，1个素菜1角钱。素菜是炝土豆丝或者炒大白菜、酸菜、茄子；加猪肉的菜2角至3角；看场电影1角至3角钱。

我在医院上班，大多读的是《人体解剖学》《内科学》《外科学》《护理基础课》，也有大夫借给我看外国小说、诗歌。至今我仍记得哈尔滨医科大毕业的张大夫借给我紫色硬壳线装本的《莎士比亚全集》,《李尔王》《奥赛罗》都是那时候看的，我只有17岁，一点都看不懂，怕辜负了人家一片好心，硬着头皮看。

第二年转正，我工资涨到每月32元，还是借书看，每年买两三本小说。

20世纪80年代，随着改革开放的春风，不只是思想解放、经济发展，文化、文学的解禁、开放也随之而来。西方的思想、文化、文学席卷而来，国内出版了大量的外国书。那时候我的工资每月56元，我买的第一套丛书是商务印书馆出版的，每本书1元至3元钱。

20世纪90年代初，我们开始对自己文化的进行反思，我国传统文化开始回归，我们不可能走全盘西化的路。儒释道、阳明哲学、四书五经、唐诗宋词重新归来。经过一些波折后，我们开始寻找我们的“文化之根”，反思我们的“国民性”。

教育和文化造就人。如果你出生在美国，从娘胎里开始学英语和西方文化，并在那片土地成长，那你真是一个“Banana”，皮肤是黄色，内心是白色，脸是中国人，心是美国心。

所以中国人守住本民族“根”文化，就守住了中国。

我的工资不断增长，我不断地买书，书越来越多，越来越好。买不够，也看不过来，还是买。

逐渐地家里有中外哲学书、社科书、文学书、历史书、英文书。

那时雄心壮志，一定读原著，柏拉图的《理想国》，我读过中文版又买了英文版。

随着工作性质转变，书渐渐地读得少了，家里6大书柜的书成了装饰品，附庸风雅罢了。

这上千册的书伴着我一生，从宁夏跨琼州海峡到海南，又从海南回到北京，再难我也没有放弃它们。

几十年，随着工作生活变迁，我淘汰旧衣服和日用品，很少淘汰书。

日积月累，家里的书放不下了，我总是想等我退休了天天读书。退休2年，才知道根本读不完，英语也忘记了。看着闲在家里的书，还是给它们找一个好的归宿。联系了龙潭湖东南角楼图书馆，他们说书的质量不错，愿意接受。这批书被利用起来才是它们最好的归宿。

书似我老友，难舍难分。每本书都能让我想起那个年代的故事，心里不是滋味。

我的法学博士好友慧劝我，学会“断、舍、离”。我是一个内心敏感且重情义的人，还好角楼图书馆离我近，想念了，我可以经常看看它们。

岁月催人老，捐书以为诗。

想到它们有了好的归宿，并且有利用价值，心里舒坦多了，书里留着时光的痕迹。

2022年9月3日于龙潭湖

生命的意义与价值感悟

连日来，看到有人说“生命没有意义”的说法。这个话题比较大，是一个哲学命题。

可能生命本身是没有意义，生命在一呼一吸之间，有呼吸、脉搏、血压三大生命体征的存在，证明一个人的生命存在，这或许就是生命的自然属性。

人的生命与一般动物生命不一样。人有思想，有精神世界的追求。

人来到这个世界，从离开母体，切断脐带那一刻，便开始独立感悟世间。通过外在环境刺激他（她）的生长，通过家庭和社会的各种教育训练他（她）的认知能力，通过劳动训练他（她）各种生存的能力，使他（她）逐步创造价值与使用价值，通过各种方式进行交换，使自己生存得更好。这或许就是人的社会属性。

人是要劳动的，通过脑力劳动或体力劳动，用勤劳的双手创造自己的价值。创造价值、使用价值的过程或许就是生命的意义。

社会要不断地进步与发展，就需要人尽可能不断地创造价值。当然，由于主客观条件不一样以及教育程度、社会生存环境的影响，每个人创造价值与使用价值不同。这种自然形成了不同的社会分工，在这个过程或许有一双看不见的手，进行市场调控，这或许就是资本。

人在一个社会的“生物链”上运转，谁都离不开谁。如果没有环卫工人，我们被垃圾包围，没有农民就吃不上饭。只要劳动他们就创造大小不同的价值。

所以生命的意义就在劳动，脑力劳动或体力劳动创造出了价值，赋予人生命的意义。生命是美丽的，带给我们对未知世界的希望。

创业与创新有本质区别，创新是在积累广博的知识基础之上，实现质的飞跃与超越，不是所有人能做到的，需必要的条件。培养创新型人才，因材施教，要么是天才型，聪明悟性高，给他一个自由创新的空间和必备条件；要么是特别勤奋，不受任何外界诱惑，一辈子研究一件事的人。

区域功能定位很重要，因地制宜。有的区域种粮食或者蔬菜水果；有的适合发展工业；有的适合建大学城，做高科技研发、创新。如果到处办“创新科技园区”，圈地、避税，浪费了土地也浪费了钱。

深秋将至，10月属于彩叶，果实、叶子和日子都抹上了亮色。流光溢彩，在天地间闪耀。无论是乔木、灌木，或百草，都会从翠绿变为褐黄，它们都换上了个性鲜亮的彩装，年复一年，从来如此。

生命是有意义的，自己书写；每个生命都值得我们尊重并珍惜。

2022年9月13日凌晨

人生在世

我患“心脏阵发性房颤”3年，3年来受病痛的折磨，我感受到人生在世最大的苦就是病痛。其他“七苦”都可以自己克服，唯有病痛之苦，我们只有交给医生。

终于在昨天（9月20日）安贞医院心内科彻底解决了这个问题。

开始决定做治疗房颤的“心脏射频消融手术”，心里还是有点七上八下。住进医院，被一群敬业精神极强的医学博士们感动，他们精气神十足，手术一天能做20多台，没有按时吃中午饭的，没有午睡的，每周六都要加班。

我有一个习惯，每遇到一个新的领域或者新的人群就想了解他们。

我问小凡主任：“您这么忙，能顾上家吗？”

她个子不高，小圆脸，戴一副白色眼镜，甜甜地微笑：“也还是顾家的，我爱人是清华大学的博士老师，去青海工作8年了，我自己带女儿从小学到今年，也考上了清华，这是我最大的幸福，女儿与爸爸是校友。”

我心里由衷地佩服，自己把生命中大部分时间都给了病人，还把家管得这么好，说话慢条斯理，干起活来拼命三郎。

我的主管大夫丽珠更是又美丽又稳重，且知识广博。我始终没有看到她摘下口罩的样子，瓜子脸，一双杏核眼，长长的睫毛，高鼻梁，因为撑起了口罩。

她问我病史后，我说：“您有小孩了吗？”

看上去她有40多岁，聊孩子是女人最乐意的事。

“有，上高三了。”她微笑道。

她又接着问我病史，讲到“肾上腺结节”时她讲了许多，我感受到了她的好学。医学专业分得很细，她对内分泌科也有研究。就像文学：古典文学（其中又断代分）、近现代文学、中国文学、外国文学，每个体系又分很多子体系，还有人研究《红楼梦》一辈子，简称“红学专家”。

丽珠大夫知识广博，她还给我讲述莎士比亚如何描写自己患房颤的。

天啊，每天早上，7点多到医院，晚上下班没有时间的人，还有时间读莎翁。

无论男女，我由衷喜欢才貌双全、能文能武的人，当然首先是人品好。一定把他们变为朋友，因为彼此能沟通交流。

我又问："你身材管理这么好，是不是很少吃饭？"不只是瘦，穿着手术服，还能看出她的小细腰。

她微笑道："以前有时候跑马拉松，也是为了公益做救护。"

我看到这么一批奋不顾身的向阳花，把生命交给他们，还有什么好担心的？我晚9点多就睡了，只是医院的床垫软，睡得不踏实。

第二天早上8点，我进入手术室，惊呆了，仿佛进了"太空实验室"，各种先进的医疗电子设备和仪器，听说还有"3D"。我前后胸贴满了电极片，最大的一片在后腰，万一出现危险，准备电击抢救用的，现代医学与科技完美结合。

本来是想用"小牛奶"全麻，长生主任与我商量局麻，这样我人清醒，有疼痛告诉他，他会加强疼痛管理。可能是用镇静剂、止痛药之类的。

我有些昏昏沉沉的，但是大夫说话，我能听到，长生主任不断说："痛得厉害不要忍，告诉我。"有一段时间前胸"咚咚"猛跳的痛，平日犯"房扑"也没这么痛，痛得发恶心。只好说："痛！痛！"他们又加大麻醉措施，但我始终是清醒的。

我深知再痛也不能动，因为长生主任手里拿着"电熨斗”，烫我心脏神经、组织，不让它乱跳、乱扑。

手术前，我了解了许多相关知识和手术风险：震坏或损伤食道，大出血、血栓，心脏电个洞。

上台前丽珠还嘱咐我：“你若咳嗽，一定要告诉我，有什么不舒服都要说。”

痛得难忍还是不能不说。手术大约从消毒、铺单、静脉插导管、B超查血栓后才开始“心脏射频消融”。手术3个半小时，房颤、房扑的点位多，有左心房、右心房、三尖瓣、上腔静脉附近，神经多的部位疼痛明显。中午11点45分回到病房，几个小时后，他们告诉我，上午从手术室回来我脸色苍白。

丽珠大夫夸我：“配合得很好，躺3个半小时没动。大家风范。”我不禁笑了，朋友最初开始就是彼此欣赏。

三生有幸约到全国知名房颤专家长生主任，他的专业水平医学界公认。我赞叹的是这位个子不很高，一双睿智的大眼睛，精瘦精力旺盛近60岁的人，每天从早到晚地工作。不停地查房、手术、开会诊会、科研等，还定时用电视视频对全国各大医院进行教学。一般人到了这个年龄功成名就，完全可以半躺平，他却精神十足，看不见倦意。没有时间锻炼身体，他走路上下班。

玉杰副院长更是难得，既是知名“冠脉”方面专家，又是常务副院长；既是专业带头人，又懂管理。个子高大又帅气，他总是用“幽默”的方法教育学生，缓解紧张的工作压力，带出一批专业性强的团队。安贞是北京市级医院，能有今天的成绩是他们拼命努力奋斗的结果。

季书记是肝胆外科的专家，既懂医学又是一个“后勤保障部长”，医院得到长足发展其功甚伟，听说通州的新院完全达到国际水平。

一个单位、一个团队战斗力如何主要看班子，更主要看班长。

这次住院2天半，也是一次痛苦并快乐的生命体验。我看到了忠诚、阳光灿烂的向阳花人群，看到了生命的希望。

夜里3点醒来，阳台上飘来淡淡的兰花香，我养的兰花开了，只浇水，没施肥，她自己盛开。我翻身时还是有点儿胸疼，打开手机，看到小凡主任夜里12点半发来的微信。她下午手术，刚下手术台一会儿，没赶上送我出院。我非常感动，怎能不记录下生命最重要的2天半的感受。

当代文学大师说，文学是用来批判的，不是用来歌功颂德的。从某个角度看没错，但不是很全面。

我想，文学是人学，人性有真善美、假恶丑。对假恶丑，我们应该多几个鲁迅；对真善美还是要宣扬，教育更多人努力向善。

更重要的是人要讲真话，讲实情，追真相。

这次“心脏射频消融手术”，这些向阳花教育着我，人生在世做个善良的人，多帮助别人，多给予，多奉献，生命之花就是向阳花。

2022年9月21日深夜

权 力

近日，看新闻报道不少贪官受贿数额上亿元，令人发指。

在加大查处的基础上还应注重源头治理，十几年前我研究“廉政风险防范”在全国推广时，国家预防腐败局改为“廉政风险防控”。改得好！防就是为了控制。

我们在创新预防腐败工作时，广泛调研，开动脑筋，下了功夫。设想从源头治理，从制度设置研究，健全机制是对干部最好的尊重和保护。

我们提出了从“权力运行，权力结构，信息化监督”等方面，把权力标准化、量化，包括考核具体化。

在有远见的领导支持推动下，先在全市试点、推广，后在全国推广，也写进了党的十五大报告。全国省市大多都来学习，国外的人也跑来参观学习，英国、美国、老挝等十几个国家，特别是中国香港特区廉政公署汤显明署长，他说：“我亲自带我三大主任来学习，你是怎么想出来用‘PDCA’全面质量管理体系，管理预防腐败的？英国现在才研究想用这个办法管理公务员。”

我说：“每查办一个案件，我又气又痛心。如果有好的管理，即使他起了贪念也难得逞。那就是想办法让权力在阳光下运行。”我又讲了具体的规划和操作。

也有人说我们在输出革命，我说没有请他们呀，他们自己要来，我还得口干舌燥地讲半天。他们又爱提问题，我脑子不停地转，还好我有点知识储备。

“廉政风险防控”不只是在预防腐败工作中有一定的意义，它的核心是“查找风险点，采取有效措施”。“查找风险点”至今多个行业都在应用，如金融风险点、疫情防控的风险点等。

我的价值观是“不要立志当大官，要立志干大事”。“廉政风险防控”干到全市、全国推广，我至今不后悔我的选择，也为我职业生涯画上圆满的句号。每当回忆过去，我都为这段为事业的努力而感到欣慰。

当然，结果是，如果真按计划标准执行，的确是管一部分用，但私心重的人怕权力受到限制，也就放到抽屉里，浪费许多纸。

我本想退休了，来一个优雅地转身，回归我年轻时喜欢的文学，但最近看到贪腐的数额太让人震惊了，可以说吓我一身冷汗。

我又在想“权力如何监督和控制”。人性的“贪、嗔、痴”与生俱来，只有在后天不断接受教化、自我约束才能改造克服人性的弱点。如何教育改造是综合社会问题。教育很重要，崇高的理想和传统文化教育，让他们“不想”；我们对权力监管监督制约就像“会计与出纳”的关系，集体决策，成为“不能”；这几年加大查办力度，使侥幸者“不敢”。

任何权力得不到有效监督和监管都会有可怕的后果。

约翰·洛克是英国哲学家和医生，被广泛认为是最有影响力的一个启蒙思想家，俗称“自由主义”之父，是英国最早的经验主义者之一。他有一句话是有道理的，“权力不能私有，财产不能公有，否则人类就进入灾难之门”。

绝对的权力产生绝对的腐败，人们通过自己勤劳的双手获得的财富，任何人不得抢占，国有财产更不能通过各种非法手段倒腾成私有财产。

在分配制度上如何更加公平完善，不能出现像从前民间笑谈的“制作导弹的不如卖鸡蛋的，拿手术刀的不如拿剃头刀的”的现象。

在深化改革方面，我们的确还有许多难啃的骨头，从事这方面工作的人不容易啊。但我相信，我们不会成为苏联，也不会成为俄罗斯，更不会成为朝鲜，更不会成为西方国家的模式。我们有5000年的文明、文化智慧的结晶。用40多年赶西方近300年走过的道路，有改革开放成功的经验，我们会坚定地走中国道路。

总之，权力是要受制约的，权力掌握在素质低、贪念重、见利忘义、成天想个人升官发财的人手里，祸害一个单位或一个地区；权力掌握在综合素质高、有品德、自控力强的人手里，会造福一方。

怎样管理权力，选出德才兼备的优秀人才并对权力加强有效制约和监督，的确十分重要。

2022年9月23日

观北昆新编历史剧《国风》有感

昨晚，朋友推荐我去天桥剧场观看北方昆曲剧院新编历史剧《国风》，该剧选自我国古代第一部诗歌总集《诗经》，是春秋时期许穆夫人的作品。《鄘风·载驰》作于卫文公元年（公元前659年），是卫国被狄人占领以后，许穆夫人被赶到曹邑为吊唁祖国的危亡而作。

《国风》大致按照这首诗歌改编为昆曲，通过展现许穆夫人舍家别子的强烈矛盾冲突，表现了其深厚的爱国主义思想，显示了很强的思想性和艺术性。故事讲述2700年前春秋时期，我国乃至世界史上第一位伟大的爱国女诗人——许穆夫人。

剧幕缓缓拉开，优雅的昆曲把我带进2700年前的场景，卫国公主姬熙嫁给许国国公。

当许穆公与齐桓公慕名向她求婚时，她便以祖国为念。汉刘向《列女传·仁智篇》云："初，许求之，齐亦求之。懿公将与许，女因其傅母而言曰：'……今者许小而远，齐大而近。若今之世，强者为雄。如使边境有寇戎之事，唯是四方之故，赴告大国，妾在，不犹愈乎？’…… 卫侯不听，而嫁之于许。”由此可见，她在择偶问题上曾考虑将来如何报效祖国。她嫁给许穆公10年左右，卫国果然被狄人所灭。

许穆夫人在梦里梦见王兄告诉她卫国已亡，她哭醒后告诉丈夫梦到卫国已亡。丈夫许穆公说是真的，卫国被狄人所灭。

许穆夫人开启了救国行动，先是请夫君出兵，丈夫怕引火烧身，不仅不出兵还让士大夫阻拦。

最感动我的两场戏，一是别子，母子相别，写尽了慈母孝子别离的痛苦。国家一级演员，昆曲名角魏春荣功底深厚，昆曲艺术表演得淋漓尽致。惹得我泪眼蒙眬。

第二场戏，许穆夫人去齐国请求齐国公子无亏劝说他父亲出兵救卫国。许穆夫人在齐国城门外弹古琴7天7夜，无亏在城门内吹箫7天7夜，两人不能见面，却琴箫和鸣。齐国终于联合其他5国从狄人手中夺回卫国。许穆夫人为了自己的祖国耗尽最后一口气，舍身救国，非常感动人，教育人。

这场戏的舞美、灯光设计及魏春荣的表演真的是绝唱。达到婉丽妩媚，一唱三叹的戏曲艺术境界。

听说昆曲是明朝中叶至清代中叶戏曲中影响最大的声

腔剧种，很多剧种都是在昆剧的基础上发展起来的，被称为“百戏之祖，百戏之师”，有“中国戏曲之母”的雅称。

今天观《国风》才感悟到昆曲优雅的魅力。

在语言上，该剧种原先分南曲和北曲：南昆以苏州白话为主，北昆以大都韵白和京白为主。

昆曲《国风》，唱腔华丽婉转、念白儒雅、表演细腻、舞蹈飘逸，加上精心设计的舞台置景，可以说在戏曲表演的各个方面都达到了昆曲艺术境界。看得出来编剧罗怀臻先生及导演曹其敬先生深厚的文化历史、戏剧的功底。

昆剧《国风》中饰演许穆夫人的昆曲名家魏春荣，是国家一级演员，曾荣获中国戏剧梅花奖，是北方昆曲剧院的当家花旦，我看到了昆曲名角的风范。

我更加喜欢原汁原味的北方昆曲，找回我们丢失的传统文化，传统戏剧，就像找回我们已丢失的传统工艺。传承就是为保留更好的戏曲特色。酿造百年老酒，醇厚芳香传世。

许穆夫人的爱国情怀感动教育着我们，爱国是根本品德，致敬华夏民族几千年来每一位爱国者！致敬伟大的爱国女诗人许穆夫人！致敬克服困难，努力传承传传统文化的北昆人！

2022 年 9 月 29 日

艰难之美

今年的诺贝尔文学奖花落法国女作家安妮·埃尔诺。

人民文学出版社真知灼见，13年前出版并将《悠悠岁月》评为“21世纪年度最佳外国小说”。

10月6日宣布今年的诺贝尔文学奖得主后，我在网上订购安妮·埃尔诺的文学作品，没想到断货了。看来好书还是抢手。

昨天收到书，欣喜阅读，读了一半，开篇一句话一个场景，有点儿像电影剧本，散文的笔法，自传体无人称手法，13万7000多字，描写了60多年的历史，是个人记忆也是集体记忆。写饮食服装、家庭聚会、地铁里的拥挤、商场里琳琅满目的新产品、家庭里的代沟，小到个人隐私，大到历史的风云和演变。

用旧照片反映时代变迁，继承并创新了现实主义小说批判社会现实的传统，运用现实主义与现代主义交融的表现手法，特别是开创了“无人称自传”文学体裁，无疑对创建21世纪的法国新文学做出了贡献，的确是大手笔。

但是，读后我还是感觉到东西文化的不同，中外文化的差异。如果说文化上的亲切感，我还是喜欢日本文学，三岛由纪夫的《金阁寺》等作品，虽然他们没有获诺奖，但我非常喜欢。他的作品刚烈而敏感，宏大而纤微，成熟又天真。阴柔与暴烈的艰难之美中给予人灵魂的震撼。难怪川端康成说："我得的诺贝尔奖应该颁给三岛，像他这样才华横溢的天才作家，大概两三百年都难遇一个。"

三岛由纪夫用生命揭示了人生有温柔、复杂、薄情、薄凉，历经沧桑，但最终体悟的是艰难之美。

诺贝尔文学奖还是以西方文化、文学评判标准为主导，获奖重要也没那么重要。听说精通九国语言，文化怪才辜鸿铭当年评上了诺奖他让给泰戈尔。

昨晚睡得实沉，今早5点多在窗前看太阳初升的霞光，给人希望。晨练已是习惯，我被深秋的秋色环饶，层林尽染。抬头看到红叶中蓝色的天空挂着一轮弯月，顿时想到英国作家毛姆的《月亮与六便士》。小说内容记不清了，但是，人们抬头看到月亮时，却很少有人弯下腰捡起地上的六便士。主人翁说："我贴在地面步行，不在云端跳舞。"人生百态，路有万条，要么庸俗，要么孤独。

我是谁？我从哪来？我到哪里去？揭示虚伪的人。仰望月亮是一种活法，弯下腰捡起六便士是一种活法，先弯下腰捡起六便士再仰望月亮也是一种活法。但生活中很难既捡六便士又拥有月亮，今晚我是枕着六便士还是枕着月亮？

艰难的选择伴着艰难之美。

2022年10月17日于龙潭中湖

日记

《李泽厚散文集》大多是文化随笔，充满哲思。我不完全同意先生的有些观点，但是我敬重他，浮躁的社会，扎实做学问的人不多，建立独立体系的更少见。

历史有规律，也有偶然，慈禧与光绪同时死去，如果光绪活着，厉行新政，历史又是另一番景象。康有为、谭嗣同，戊戌变法，值得深刻研究，特别是谭嗣同人格精神的分析。

救亡与启蒙，激情与理性，值得我们深入思考研究。

先生是真实的，他说："在我枯寂、单调、老年兼异国的岁月里……"先生的生命不是哲学家的孤独而是枯寂，"西体中用"和"全盘西化"百年问道已经证明没有出路，所以您的生命是枯寂的。但您还是了不起，留在历史中。

下周重读先生《批判哲学的批判》。

近日读李泽厚先生的书，关于"启蒙""民族""哲学"，中西文化问题，一头雾水，头昏脑涨，特别是关于海德格尔《存在与时间》。李先生说："孔子是'未知生，焉知死'，海德格尔则是'未知死，焉知生'。"

李先生关于"思想与学问"的观点我同意，学问家未必是思想家，大思想家必须有好的学问做根底。

2021年11月13日

"把一块泥，捻一个你，塑一个我。将咱两个，一齐打破，用水调和。再捻一个你，再塑一个我。我泥中有你，你泥中有我。"可怜的管道升，再造也无法回到从前，古人今人若流水。

2021年12月6日

坐上飞机担心台风天，预报有大到暴雨，怕颠簸。幸运的是飞机落地也没下雨。"雷伊"台风在三亚拐弯向东走了，今天淅淅沥沥有点小雨，没见台风天。傍晚却看到风雨后的彩虹。我的位置拍得不全，只好拍夕阳。借用朋友拍的彩虹，太美了

2021年12月20日

中国社科院教授叶舒宪先生，退休后被上海交大聘去，上海市用上千万元基金创建"上海市社会科学创新研究基地"，最新研究成果"元宇宙文化"，用"玄玉时代"求证

5000年中国，没有文字的时代用“玉石”证明。

可敬可爱的“书呆子”叶先生，省吃俭用，把全部工资拿去淘各时期的玉石，准备筹划建立“玉文化博物馆”，捐给国家。

文化历史底蕴深厚的北京市，在重视科技创新的同时也应加倍重视社会科学创新基地的建设。

2021年12月28日

这是我国文学人类学创始人叶舒宪先生的最新研究。龚鹏程先生认为：“上古无文字，今以器物考之。器之古为石，其后为陶，再后为铜。铜，据说可上推至夏，所谓禹铸九鼎。陶则可推至尧，所谓陶唐氏。舒宪认为可推至旧石器时代，故力主以玉考中华民族之史源。”是否能作为夏商周断代依据，用玉石考证我国没有文字的上古时代。

这个研究非常有意义，希望专家学者及我们的文化官员重视推进研究。

2022年1月18日

回京6天没敢出门散步，冰天雪地，没见太阳。今天终于太阳出来了，龙潭湖散步，寒风凛冽，天寒地冻。坚持走了一半还是回家，怕冻感冒，麻烦大了。京城散见疫情，还好丰台区这几天都是个位数增长，病毒和人玩猫抓老鼠的游戏。我感觉这是我来北京生活25年来最冷的一个冬天。

与新冠病毒斗争2年，总结斗争经验。条件好多了，我们人人都可以做核酸检测，不行3天、5天做一次。战斗在一线的朋友和同志们辛苦啦。

阳光、透明是最好的防腐剂，阳光、透明也是最好的防毒剂。

北京加油，北京平安，北京好运！

2022年1月25日小年

赵匡胤说："卧榻之侧，岂容他人酣睡。"夫妻再好，枕头边上放把刀，谁敢睡觉？

每早醒来先打开手机，看乌东局势，像看大片一样。

不是不善良，笑看远方战争的苦难，国在家在。

这次俄乌战争，打醒了梦游者，战争、战略、战术、都值得研究，经济、金融核弹也很厉害。只讲政治学基本理论还不够，多成立几个有用的研究所，对新的世界格局每个细节进行研判。

2022年3月7日

近日来许多人都在议论乌东局势、俄乌战争。我比较喜欢冷静思考的文章。世界政治之复杂，我们掌握的信息是否全面、准确很重要。

我们应该理性全方位研判，从政治、经济、军事、文化、宗教等方面综合研究，很有意义。

特别是学者更不能情绪化，更不能“花拳绣腿”。

亨廷顿，值得尊重。

2022年3月11日

昨晚在国家大剧院观京剧《杨门女将》，中国妇女自古至今都很侠义，无论是对家人、朋友还是国家。

看着佘老太君率穆桂英、杨七娘征“三关”，杨家将中的穆桂英把西夏国的“小白袍”打得满地打滚，不禁叫好。

穆桂英是中国古代四大巾帼英雄之一，与梁红玉、花木兰、樊梨花齐名，也是个“杨门女将”。佘赛花是因为打败了杨继业，杨宗保也是穆桂英的手下败将，她们的共同点是都打败了自己的丈夫。

谁说女子不如男，一个民族的勇敢和伟大主要看妇女。

2022年3月12日晨

前门大街西侧有个“北京坊”，吃的都有文化，只是书店是洋名字，买了3本书：《我坦言我曾历尽沧桑》，是诺奖得主聂鲁达自传；《阅读是砍向我们内心冰封大海的斧头》，卡夫卡谈话录；《从艾略特开始》，中国教授谈美国现代诗。

有人说，哲学讲不明白的问题，只有靠文学。哲学让人“古怪”，女人还是多读一些文学书，会变得慈眉善目。

本想多买几本书，女友拉着我说：“买多了，看不完，读完再买。”心性相通，我不禁哈哈大笑，她拉我去“局气”吃饭，听这名就是北京菜。

2022年4月20日

陪小外孙女学小提琴近一年，我和她都犹豫过是否坚持，我给她买了本《傅雷家书》，让她读并每周末回来与我讨论。

今天看到她的进步很高兴。每学一个新曲老师费尽心思，感谢老师，也佩服安安的坚持。这是一首《雨中曲》，虽然拉得不完美。我看到她整个学琴的过程，就是每小节反复练习，这个过程比的是坚持。祝愿她在人生成长的道路上，不断“爬山”时学会坚持。

2022年4月24日

小区被封控，备些日常生活用品，这样可以减轻社区工作者的压力。封控区的人在家静养，读书，练习太极拳、瑜伽，听音乐，增强免疫力。多开窗通风，不必恐慌。

我相信北京政府的管理能力和敬业精神。坚持精准快速“动态清零”就不会全城封。现因病毒隐匿一周，大家静下来，不聚集，不给病毒找新“宿主”的机会。

一个城市最让人留恋的还是人的文化底蕴和文明程度。少些抱怨，多一些感恩。遵守秩序，不闯“红灯”。

感谢连夜作战抗疫一线的同志，感恩社区志愿者和基层组织，为了我们的平安，你们回不了家，睡不好觉。

2022年4月26日

在繁华喧嚣的大城市，盼着能静下来多么不容易。现在终于安静，公园里也宁静了，没有往日的喧闹。唱京戏的、拉二胡的、跳广场舞的、练习太极拳的，等等，往日找不到一片安静的空间。

现在终于一片宁静。

2022年5月3日

您的文章大多是“古典文学”、诗赋、骈文等，不是学古典文学的读不懂。也有能读懂的，很美，思想在文章中。您穿着长衫像是从古代春秋穿越而来的先生，没人懂也不奇怪。留下您这位奇才、怪才证明社会进步了。文脉断了一个时代要恢复也需要一个时代吧。陌上花开缓缓归！

2022年5月4日

中庸之道的核心思想是指为人居于中正之道，不偏不斜，以自然的纯正人性提高自身修养，对待万事万物。《中庸》所论乃天道、人道的最高深又最恒常的道理。中庸是循中和之道而为之。其通篇的主旨是论中和，探讨致中和的方法。中和是宇宙的本来状态。人的可教育，就在于能中和；政教的作用，就在于致中和。

儒家认为“中庸”是道德行为的最高标准，并且把“诚”看成是世界的本体，认为“至诚”则达到人生的最高境界。

中庸本身就是中国哲学的睿智思想。

2022年5月17日

真的不懂，英语站牌就是给外国人看的，为什么改成拼音？我们是国际化大都市。

前些年为了实现创建国际化城市的目标，广州引进了许多非洲人，望京有“韩国城”。

国际交流中心、文化中心。传承中国文化，让我们的文化走向世界。首先学好中国文化，也要学好英语，文化需要交流与传播，传播不等于宣传。

复兴中国文化，先从语文教材开始，不是改几个站牌。

2022年6月5日

读龚先生文章有感

伦理学与心灵哲学界在西方界定比较清楚。通常伦理学指道德意识和道德行动；心灵哲学指精神层面认识和认知。我国儒家的心灵哲学可能包含了道德情怀，道家老子的心灵哲学不知道是否包含？从人体是个小宇宙看精神应该包括道德、情感、意识。不知心灵哲学与科学的关系。因为哲学与科学对世界影响力更大些。这个对话好，把国外前沿课题引进交流，不是一般介绍。可以开阔视野，哲学翻译不容易。既学习了解国外，也练习英文。

2022年6月5日

上午10点观双宁先生画展，“冷抽象”，我看不懂，隐约觉得是展现工业文明及暗物质。我更喜欢他的“冰川系列”，蓝色的透明。

他的画与人一样大气，绘画就像宏观经济调控一样大手笔。他的特点：干一行成一行，勤奋加上天分。

跨专业的成功，看来知识与文化艺术是触类旁通的，退休是新的职业生涯，新生活的开始。

夕阳无限美，双宁先生是好榜样。

2022年6月8日上午

西山的十大景点去过8个，只有龙泉寺和凤凰岭没去。今去龙泉寺闭门，望着千年柏树，只好下次再来。上了凤凰岭自然风景区，这山还真与京城其他地方的山不一样，天然奇石，有的叫“玉兔”，有“仙人足迹”，有“飞来石塔”，还有爱情传说的“峰恋石”。

无论走到哪里，爱情与战争都是永恒的主题。

今我路过百望山，传说以前叫“望儿山”，说是佘太君站在山头盼望杨六郎归来，山下有个六郎庄。

听着挺感人的。中国妇女伟大，不是“望夫归”，就是“望儿归”，所以她们是世界上最美、最坚强的女人

2022年6月14日

“教育的首要目标，是独立思考和判断，而非特定的知识。”

今天看到马云说要办400家医院，为他点赞。我们的

商人赚钱了用什么方式回馈社会？只是富而不见得就是贵。

每年看到“中考”“高考”，为孩子们和家长揪心。听说中考有一半学生考不上，只能上“职高”。这说明我们的教育资源还不够多，应该鼓励民间办学，但是教育部门要把关、专业评估、监管好教材等，保证私立学校质量。

鼓励民间办私立医院和学校。

国外的私立学校、私立医院比公立的好。为什么？值得研究。

2022年7月11日

我亲戚的女儿，今年高中毕业，单亲家庭。她勤奋好学，每天从大兴挤公交换地铁到城里上学，特别是寒冬顶风冒雪。回家苦读，自己报名参加英语牛津、剑桥“约翰逊洛克研究中心”的论文写作竞赛，内容包括政治、经济、心理学，她的2篇心理学文章入围。全世界100名入围者，中国23名，她是其中一个。我深为感动，没有人辅导，孩子自己努力走向世界。

我希望多一些孩子走向世界。

2022年7月16日

中考，我们考孩子什么？刷题？独立思考能力？创造力？还是挤高中的独木桥。听说有的省有50%的学生上不了高中，只能上职高。职高还能有多少人上大学？

上职高应该是孩子自己喜欢上，而不是没办法。

我们即使苦大人也应多办些学校，让想上学的孩子，达到基本考试成绩都能有受高等教育的机会。

2022年7月23日

龚鹏程先生与哈佛大学怀特教授的对话，非常有价值，也很客观，值得我们思考。我们的改革开放载入人类历史史册，也是世界政治学变革的成功典范，在人类文明进步史上留下光辉的一页。

我们应继续加强研究，农村脱贫后农民工子女教育问题，收入分配改革问题，缩小贫富差距问题，加强基层各种权力监管问题。

如何继续深入改革开放的确不容易回答，但继续深化改革开放，才能稳固、发展我们的道路选择。

不要太急，坚持改革开放，再有20年，我们的国家会更加富强。

2022年8月9日

珍惜美好生活，蓝天白云，绿树成荫的公园，北京文化中心，可以听戏观剧。

近日，最开心的是我家附近的游泳馆开了，我更加珍惜与安、康一起的日子。

游泳增强心肺功能，我试想着在水中释放、解决我的心肌放电问题，水浪可以让神经细胞放松。坚持1000米也不容易。

疫情下，虽然不能外出旅游，但创造健康快乐的生活也是一种能力。

2022年8月15日下午

后　记

又是一年金秋的到来。这两年我终于有大把的时间，几乎每天去家门口的龙潭湖东湖和中湖两个公园，极大地提高了我的幸福指数。

龙潭东湖虽小，但有湖、假山、楼台亭阁、拱桥、小长廊、儿童游玩的碰碰车等；后修复的龙潭中湖，保持植物自然原始状态，树木、草坪多，花少。走进园中格外安静，开始无人时，只能听到微风中树叶与树叶交流“沙沙”作响的声音，莫名的孤独感。日子久了，我越来越喜欢这般的安静，这样的孤独感。

一年四季，春日，伴着春风吹绿大地时，湖边淡绿的柳芽染满春绿，一天一个样，我目睹了它们的成长；夏日，我看到出水芙蓉的夏荷从荷苞渐渐地盛开；秋日，我看到树上结满了山楂、核桃、沙果、石榴、柿子等果实，我伴随着它们从发芽、开花到结果整个过程；冬日，我看到大雪纷飞，盖住还没完全凋谢的黄色的菊花，红色、粉色的月季。大地一片雪白，披上雪装的假山、廊桥、湖面，错落有致，银装素裹，格外地静美。

一年来，我赏着树木、花草和湖水，我看着野鸭、鸳鸯、喜鹊和燕子，在湖水中幸福地捕食、游玩，在蓝天下自由地翱翔。

一年来，我记录下我生活的点点滴滴，有时候也自我纠结在理性与感性之间。做行政工作久了大多是把自己包装起来，不让别人了解自己内心的真实想法；而文学工作者，在解剖社会前，首先解剖自己，你的作品表明你的观点，人性是有弱点的，谁都没有那么完美，关键是你能否始终守住正直善良的心灵。

文学艺术创作更多的是心灵的感悟，而不是理性。

生活就是一年四季的过程，记录自己的所思所想，记住风花雪月，记住蓝天白云，记住清晨太阳升起的片刻，记住夕阳西下，红霞万里，大地一片金色。

此时，温暖的阳光透过树叶洒在草地上，我坐在树荫下的“花阴凉”，看着清秋斑斓的色彩，看着草坪上飞舞的蝴蝶，看着秋色渐浓。倾听秋声，静心自在一幅“采菊东篱下，悠然见南山”，美得淡然自得悠闲的心境。

一年来的小记，结成一个集子《今朝陌上又花开》，这是我漫步在北京通州大运河边，走在陌上，看到路边开满了淡紫色的小野花，想到重情义的吴越王给妻子的信中有

“陌上花开，可缓缓归矣”，遂用作书名。

生命就像大自然的四季，一路走来采撷鲜花和果实，送走暴风骤雨和严冬。

感谢我的好友，当代史学家，北京大学历史系教授、长江学者欧阳哲生先生，他一生潜心钻研学术，又是一位谦谦君子。他在繁忙的工作中，为我作序。

人生在世尽可能多做点有意义的事情，不虚度年华，不枉此行。

2022年9月28日记于龙潭湖公园中湖公园